KB055744

「——아.」
나도 모르게 숨이 막혔다.
「어때? 좀비였어?」
「아니, 그게 아니라…… 생존자 같아.」
스코프 너머로 보이는 동그란 시야.
그 안에 비친 것은…… 휠체어에 탄, 여자아이였다.
Z의 시간
It's time from Z
Author 사카키 이치로
Illustrator 카츠단소

『저, 저기 오토와 양…….』
그렇게 말하는 시노의 목소리에서는
약간의 당혹감이 느껴졌다.
뭐, 당연한 일이지만.
『왜?』
『아니, 그게……
무, 물 온도가 좋네요.』
『그렇다네 히로아키.』
『그거, 다행이네!』

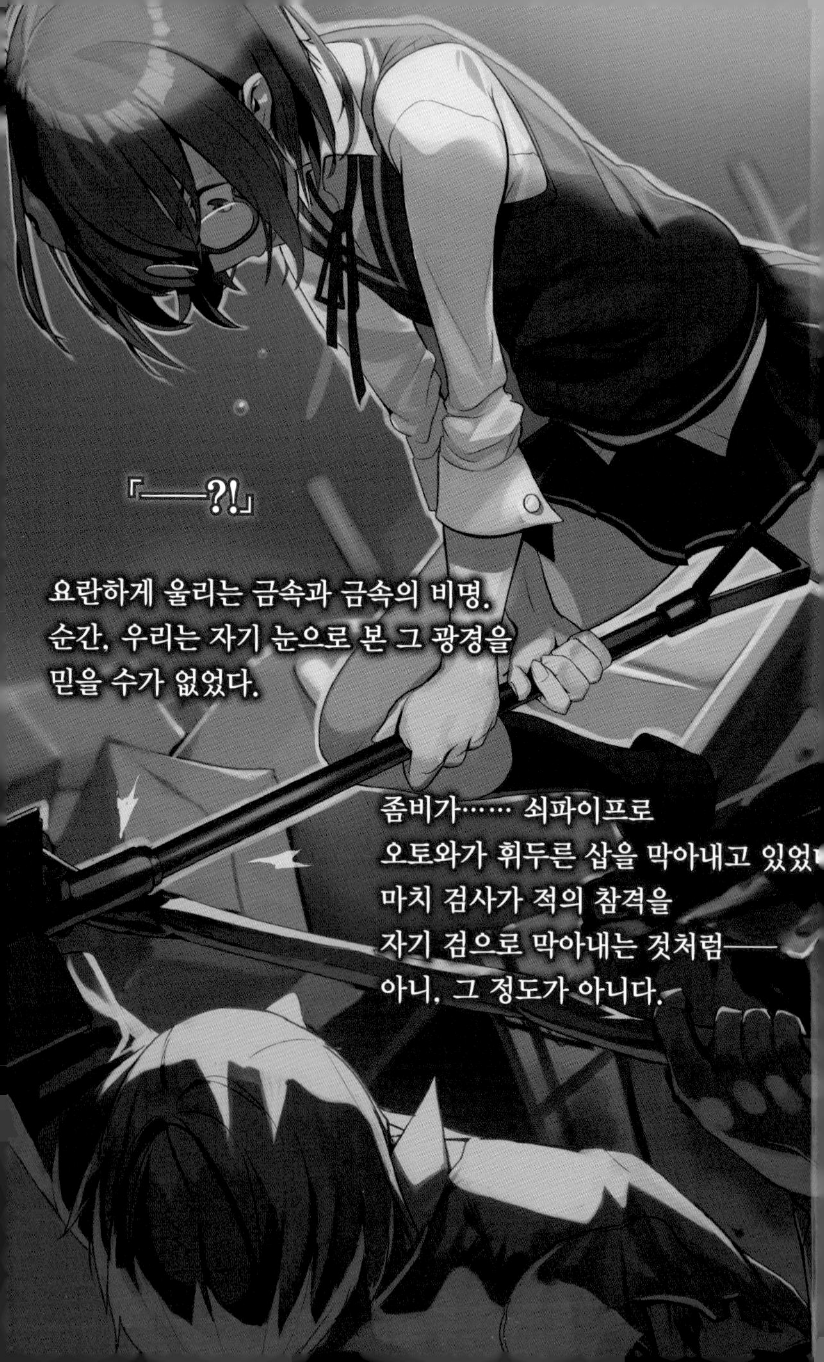
「――?!」
요란하게 울리는 금속과 금속의 비명.
순간, 우리는 자기 눈으로 본 그 광경을
믿을 수가 없었다.
좀비가…… 쇠파이프로
오토와가 휘두른 삽을 막아내고 있었
마치 검사가 적의 참격을
자기 검으로 막아내는 것처럼――
아니, 그 정도가 아니다.

Z의 시간

2

사카키 이치로 지음 | 카츠단소 일러스트 | 김정규 옮김

일러스트 | **카츠단소**

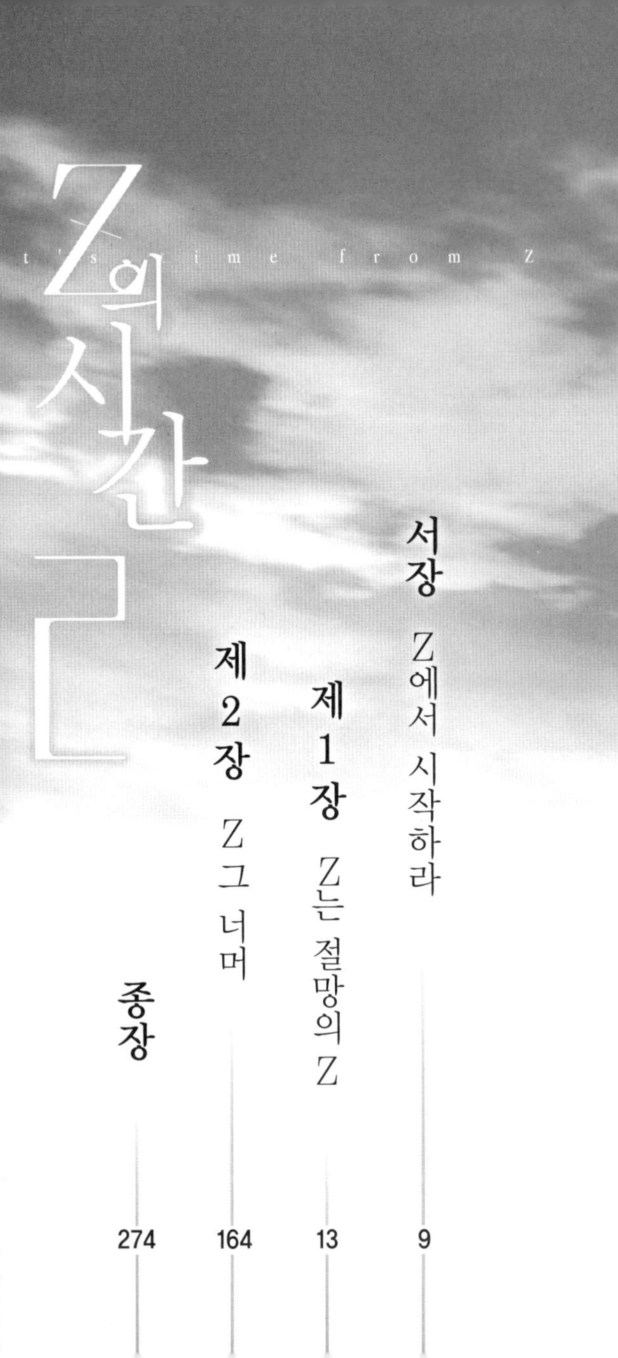

목차

서 장 Z에서 시작하라

어둠침침한 방 안에서, 나는 마지막 작업을 하고 있었다.

사실 작업이라고 해봤자 확인사항 일람을 훑어보는 정도다. 애초에 나한테 복잡한 물리나 과학에 관한 지식은 없다. 『이렇게 하면 잘 된다』고 배운 것들을 충실하게 따라 하고 있는 정도일 뿐이다.

"——문제없음."

『다행이군요.』

내가 중얼거리자 화면 속에 있는 인공지능이 대답했다.

레이븐.

예전에 VR FPS 게임 『스트래글 필드』에서 플레이어를 지원하기 위한 캐릭터로서 설정된 존재. 물론 당시의 레이븐은 인공지능이라고 부를 수 있는 수준이 아니었고, 그냥 상황에 따라 정해진 문장을 되풀이할 뿐인 인형에 불과했지만—— 내 눈앞에 있는 소형 디스플레이에 표시된 그것은, 이렇게 내가 중얼거리는 소리에도 반응하고, 격려하는 말도 해줄 정도로 머리가 좋다.

역시나 천재 카츠라 시이코가 만든 특제 인공지능 프로그램이다.

이미 샘플이 있었다고는 해도, 한정된 시간과 자재 속에서 이런 걸 조립하다니, 보통 사람한테는 불가능한 일이겠지. 참고로 굳이 레이븐의 모습과 목소리를 부여한 것은,

멋이나 취향 때문이 아니라, 전송받는 쪽에 『받아들이는 존재』가 있는 쪽이 잘 될 가능성도 높고, 전송하는 데이터의 양도 줄일 수 있기 때문이다…… 라던가.

"그럼, 슬슬 보내볼까."

나는 팔을 돌려서 뭉친 어깨를 풀며 화면 속에 있는 아가씨에게 그렇게 말했다.

"책임이 중대해. 명심하라고."

『물론입니다.』

그렇게 말하며, 레이븐이 고개를 끄덕였다.

「키워드는――」

『살아남아라, 세상을 되돌리기 위해서.』

"――Good."

나는 웃는 얼굴로 그렇게 말하고, 키보드의 엔터키를 세게 두드렸다.

순간, 유기 EL 디스플레이 속에 있는 레이븐이 얼어붙은 것처럼 굳어버렸고, 그 위에 『데이터 전송 중』이라는 텍스트와 진행 상황 퍼센티지가 표시되는 작은 창이 열렸다.

그것뿐이다. 물론 뭔가 극적인 사상이 일어난 것도 아니다.

그저 묵묵히, 폐가 한쪽에서 전송작업을 진행했다.

이제 이것이 100%가 될 때까지, 그냥 멍하니 지켜보기만 하면 된다―― 그래야 했는데.

"……."

어디선가 파편이 무너지는 소리가 들렸다.

나는 풍부한 경험에 바탕을 둔, 거의 초능력에 가까운 감에 의해서 파악했다. 놈들이다.

"정말이지……."

잠깐이나마 『큰일』을 마친 뒤의 여운에 잠기고 싶었는데.

나는 벽에 기대 세워놨던 바렛 M82A1을 잡았다. 원래 저격총이다 보니 길고, 무섭고, 투박하고, 장탄수가 적다 보니 접근 전투(CQB)에는 전혀 적합하지 않은 귀찮은 물건이지만…… 내가 가진 것 중에서는 이 녀석의 .50 BMG탄이 놈들을 한 방에 제압할 수 있는 유일한 탄약이라는 이유 때문에, 버리지 못하고 있는 상황이다.

"자……."

여러모로 알 수 없는 일들 투성이지만, 어쨌거나 지금은 결과가 나오기를 기다릴 뿐이다.

이길 확률이 너무나 낮은 도박이지만, 그렇다고 안 할 수도 없다. 나는 한숨을 쉬면서 수제 화염병이 몇 개나 있는지 확인하고, 그것들을 채워 넣은 백팩을 짊어졌다.

이것 하나만은 예전과 다를 게 없는 한여름의 햇살을 맞으며, 아지랑이가 피어오르는 속에서, 갈라진 포장도로 위를 걸어오는―― 여러 개의 사람 모습. 역광 때문에 자세한 것은 알 수 없지만, 물론, 저게 살아 있는 사람일 리는 없다.

“『최고의 해피엔딩』까지, 조금만 더 힘을 내볼까.”

나는 그렇게 중얼거리고, 바렛의 장전 손잡이를 당겼다.

제 1 장 Z는 절망의 Z

소형 엔진의 경쾌한 구동음을 울리며, 고무보트가 수면을 미끄러졌다.

햇살은 강하지도 않고 약하지도 않으며, 잔잔한 바다가 한없이 펼쳐져 있다. 일단은 쾌적하다고 해야겠지. 조금만 더 따뜻했다면 수영을 해도 좋을 정도다.

“…….”

그냥 괜히, 흘러가는 물속에 담그고 있던 손을 빼서 냄새를 맡아봤다.

이 근처── 앞바다까지 나오면 각종 배수나 쓰레기로 오염된 항만 지역과 달라서 비린내가 섞인 바다 냄새도 거의 나지 않고, 손바닥으로 떠올린 물만 보면 깨끗해 보인다.

바다는 한없이 평화롭고…… 예전과 똑같이, 그저 거기에 존재하고 있다.

물론 따로는 거센 파도가 휘몰아치는 일도 있겠지. 북쪽에서는 하얗게 얼어붙어 있을지도 모른다. 하지만 아마도, 본질적인 의미에서 따지자면 바다는 아무것도 달라지지 않았다. 돌이킬 수 없는── 거역할 수 없는 변질은 없다. 아마도 앞으로도 쭉. 뭍과 달리, 이곳만은 변하는 것도 잃어버리는 것도 없을 테니까.

“……오히려 바다 위가 더 안심할 수 있다니, 얄궂은 일이네…….”

나는 씁쓸한 미소를 지으며 그렇게 중얼거렸다.

최소한—— 여기서는 처참한 시체를 보는 일도 없고, 음울한 신음소리가 들려오는 일도 없다.

영화, 애니메이션, 소설, 만화, 게임 등등의 소위 말하는 창작물 중에서도 『세상』이 멸망한 뒤를 다루는 『포스트 아포칼립스』 장르에서는 바다 자체가 말라붙은 세계를 그리는 경우가 많은데, 더 이상 그렇게 될 가능성은 없다.

이제 인류는 핵전쟁은 고사하고 환경 파괴도 못 한다. 못 하게 돼버렸다—— 아마도. 그런 의미에서 보면, 아마도 세상은 평화롭다고 봐야겠지. 인식할 수 있는 사람도 거의 없는 개념에 무슨 의미가 있는지…… 나는 잘 모르겠지만.

내 이름은 데와 히로아키.

열일곱 살이고 고등학생이었다. 그리고 방구석에 틀어박혀서 VR FPS만 하던 게이머였고…… 지금은, 뭐라고 해야 좋을까. 게릴라 전사라고 해야 하나? 뭐, 인류 문명이 사실상 붕괴된 지금, 직함 같은 건 아무런 의미도 없겠지만. 자기소개를 해야 할 상대도 없고.

"——그러고 보니까 오토와."

나는 엔진 옆에 붙어 있는, 같이 타고 있는 사람 쪽을 보면서 말했다.

"좀비 말인데, 헤엄치는 경우도 있나?"

"작품에 따라 달라."

무표정한 얼굴로 대답한 사람은── 같이 타고 있는 소녀였다.

어깨높이 쯤에서 자른 느낌의 검은 머리카락── 보브컷이라고 하던가── 그리고 동그란 검은 눈동자 위에 걸친 빨간 테 안경이 특징적인 소녀다.

예쁜지 아닌지를 따지자면 틀림없이 예쁜 쪽인데, 화장기가 거의 없고 전체적으로 멍~하니 표정이 부족한 탓에, 가까이에서 찬찬히 보지 않으면 그 기량을 알아보기 힘들다. 정말 아깝다는 생각도 들지만, 본인은 자신의 용모에 그다지 관심이 없는 것 같다.

쥬도 오토와. 열일곱 살.

내 생명의 은인이자 파트너이며, 그리고── 죽어서도 돌아다니는 존재, 소위 말하는 좀비에 대해 유난히 잘 아는 소녀다.

뭐, 단적으로 말하자면 이상한 사람이다.

취미로 삼을 만한 것들이 얼마든지 있을 텐데, 이 소녀는 좀비에 관해 유난히 정열을 불사른다고 할까 엄청난 관심을 가지고 있어서, 아무튼 그쪽 방면에 대해서는 이상할 정도로 박식했다. 전에 문득 생각이 나서 좀비 영화를 몇 편이나 봤는지 물었더니, 말 그대로 전당에 들어간 유명한 작품──『살아있는 시체들의 밤』은 물론이고 좀비 영화의 시조라고도 하는 『화이트 좀비』부터 극장판 『갑철성의 카바네리』까지, 연대순으로 백 편 이상의 제목을 줄줄이 늘어놔서 완전히 질려버렸다.

하지만—— 오토와의 그 좀비 마니아로서의 지식 덕분에 나도 목숨을 건졌다.

문명이 붕괴된 데다 움직이는 죽은 자들이 동료를 찾아서 배회하는 이 세상에서, 내가 살아 있는 건 틀림없이 좀비에 대한 지식이 풍부한 오토와하고 만났기 때문이다. 그런 의미에서, 나는 감사하고 존경도 하고 있다. 왠지 창피해서 일일이 말한 적은 없지만.

"『하우스 오브 더 데드』의 좀비는 헤엄도 치니까."

머릿속에 있는 좀비 관련 데이터베이스라도 검색하고 있는지, 고개를 살짝 기울이고서 말하는 오토와.

"『스위스 아미 맨』에서는 제트 스키처럼 바다를 달리기도 하고."

"그건 대체 어떻게 된 거야."

그나저나 제트스키처럼 물 위를 고속으로 달리는 존비가 있다면, 좀비에 어지간히 익숙해진 나라도 무서워서 이것저것 지릴 자신이 있다.

"『좀비 레이크』에 나오는 좀비는 호수 속에서 올라오고. 애당초 좀비는 헤엄은 못 치더라도 물에 빠져 죽지도 않아. 그래서 물에 떠내려가서 섬에 도착하는 좀비 같은 것도 있지. 『라이즈 오브 더 좀비』라든지."

담담하게 설명하는 오토와.

항상 멍한 상태라고 할까, 표정을 확실하게 보여주는 일이 거의 없다보니 까딱하면 본인까지 좀비처럼 보일 때도 있지만—— 뭐 그건 그렇다 치고.

어쨌거나 대충 둘러본 범위 안에서는 주위에 우리 말고 다른 사람은 보이지 않았나. 배도 안 보이고, 당연히 헤엄치는 사람도, 그리고 물 위에 떠다니는 사람도 없다. 후자의 경우에는 함부로 다가갔다가 갑자기 공격당할 가능성이 있으니까 방심하면 안 되지만.

지금은 『움직이지 않게 됐다』는 말을 『죽음』이라고 표현할 수 없게 돼버렸다.

"바이러스 감염형 좀비의 경우—— 바다에 떨어진 좀비를 먹은 물고기나 새가 좀비가 돼버리는 경우도 있어."

"……그, 그렇구나."

물에 퉁퉁 부어서 두 배 정도로 부풀어 오른 시체를 쿡쿡 찔러대는 물고기를 상상했더니 질력이 났다. 최근 한 달 동안에 썩은 시체 같은 것들에는 어느 정도 익숙했지만, 물에 부은 시체는 또 달라서, 뭐랄까…… 신경에 직접적으로 작용하는 것 같은 혐오감이 든다. 아마 내장에서 가스가 발생해서 배가 부풀어 오른다고 했었지?

"좀비의 특성은 작품에 따라 다양해. 헤엄치는 좀비도 사례가 다수."

아니 뭐, 우리가 말하는 건 현실 속 좀비 얘기지만.

그런데 조금 전부터 오토와가 열거한 작품들처럼 헤엄치는 좀비가 있는 경우, 지금 이 상황에서 공격당하면 우리는 완전히 궁지에 몰리겠지. 육지하고 달라서 도망칠 곳이 없다. 헤엄쳐서 도망치려고 해도 상대도 헤엄을 칠 수 있으니까 끝까지 도망치기는 힘들 테고…… 땅에서 비틀비틀 걸어 다니는 좀비처럼 움직임 자체가 느려진다면 어떻게든 될지도 모르겠지만, 그 중에는 제트스키 같은 속도로 이동하는 좀비도 있다는 것 같다.

멍하니 그런 생각을 하고 있었더니——

"……저건가."

천천히 위아래로 움직이는 해수면 위에 작은 부표가 보였다.

굳이 여기저기를 뒤져서 이 고무보트를 조달한 목적이다.

"시동, 꺼줘."

"……응."

오토와가 고개를 끄덕이고 소형 엔진의 스위치를 껐다.

몇 초 뒤에는 추진력이 사라져서 그냥 물 위에 떠 있게 된 고무보트.

나는 보트에 실어뒀던 노를 이용해서 천천히 부표 쪽으로 다가갔다.

소형 태양전지와 충전지도 실어놓은 덕분에 밤중에도 LED 라이트가 깜박거려서 위치를 확인할 수 있는 작은 부표—— 등부표라는 것이다.

보통은 선박이 해상에서 위치를 확인하거나 입항 경로

를 확인할 때, 또는 암초의 위치를 알리는 등의 목적으로 설치하는 것이다. 한마디로 그것 자체는 제 위치에 존재하기만 해도 제 기능을 다 하는 물건이다.

그래서 해상에 떠 있는 정비할 필요도 없는 그 부표에, 유지관리 이외의 목적 때문에 다가가려는 사람은, 보통은 없다. 다르게 표현하지만 일부러 도로 표지판을 건드리고 다니는 사람이 없는 것과 마찬가지── 인데.

"응………… 이건가? 어쩌면."

나는 고무보트 밖으로 몸을 내밀어서 부표에 걸려 있던 아주 가는, 몇 미터만 떨어져 있으면 눈에 보이지도 않을 것 같은 나일론 끈을 잡았다. 부표 본체의 색과 맞춰놨기 때문에, 가까이 가서 만져보지 않으면 있다는 걸 알아보기도 힘들겠지.

"……영차."

나는 손에 작업용 장갑을 끼고, 그 나일론 끈을 끌어당겼다.

아니. 정확히 말하자면 손으로── 물속에 있는 물건을 끌어올리는 작업이다. 20미터 정도 끌어당겼더니 어두운 물속에서 검은 색으로 칠한 컨테이너가 올라오는 게 보였다. 컨테이너라고 해도 한눈에 봐도 허술한 물건이고, 수압 때문에 여기저기가 찌그러진 데다 방수 기능이 있기는 한 건지 의심이 가는데── 그 대신에 투명한 비닐봉지로 이중 삼중으로 둘러 싸놨다.

"무겁잖아!"

"도와줄게."

내가 컨테이너를 보트 위로 끌어 올리느라 고생하고 있었더니, 오토와가 무릎으로 기어 와서 같이 끈을 잡아당겼다.

"영…… 차?!"

마침내 나와 오토와가 한 변의 길이가 약 1미터 정도 되는 느낌의 컨테이너를 보트 위로 끌어올린…… 그 순간.

"——?!"

나도 모르게 숨이 턱 막혔다.

주르륵. 마치 그런 소리라도 난 것처럼, 물속에서 컨테이너와 함께 끌려 올라온—— 그것. 머리가 있고. 팔이 있고. 다리가 있고, 몸통이 있고. 지금도 인체의 기본적인 형태는 갖추고 있지만 표면이 퉁퉁 불고, 여기저기 부풀어 오른, 너무나 무참한, 무시무시할 정도로 추악하게 부패된 시체였다.

아니, 그게 평범한 시체라면 이제 와서 당황할 이유가 없다.

"…………."

주륵, 명란젓처럼 퉁퉁 부은 입술 사이로 물을 토하는 시체.

거기서 끝나지 않고, 그것은 느릿느릿 팔을 움직여서 고무보트 뱃전에 손을 걸고서 기어 올라오려고 했다.

"……젠장! 이 자식이――."

큰일 났다. 재빨리 걷어차서 떨어트리려고 했지만, 조금 전에 끌어올린 컨테이너가 거슬려서 마음대로 움직일 수가 없다. 게다가 시체에 콘테이너와 연결된 끈이 감겨 있어서, 몇 번인가 보트 뱃전에서 미끄러지기는 했어도 다시 바닷속으로 가라앉지는 않았다.

"……."

부글부글, 탁한 거품을 토하면서 나한테 덤벼드는 시체. 벌어진 아래턱에 치아는 하나도 남아 있지 않았지만, 그 턱에 치아가 없어도 살을 찢고 뼈를 씹어 부술 만큼의 힘이 있다는 걸 잘 알고 있다.

나는 재빨리 뒤춤에 찔러뒀던 권총―― 스미스&웨슨 M360J 〈사쿠라〉를 잡았다. 단총신에 회전식 리볼버 권총이지만, 이런 초지근거리에서는 빗나갈 리가 없다.

"――!"

슛, 하고 공기를 가르는『칼날』소리.

내 머리 위를 스칠 듯이 휘두른 삽이―― 시체의 경부에 빨려 들어가는 것처럼 명중했고, 마치 명검으로 벤 것처럼 간단하게 머리를 잘라서 떨어트렸다.

데굴, 하고 자기 등을 타고 굴러떨어지는 시체의 머리. 몇 초 동안 몸통 부분, 특히 팔다리가 마치 벌레처럼 기계적인 경련을 했지만―― 바로 잠잠해졌다.

"고마워, 오토와―― 으억?!"

고맙다는 말을 하는 내 몸을 덮치는 오토와.

삽을 멋지게 풀 스윙 해서 움직이는 시체의 목을 잘라버린 것까지는 좋았지만, 익숙하지 않은 고무보트 위에서 일어선 탓에 균형이 무너진 것 같다.

'으억…… 부, 부드럽다?! 아니, 그런 생각 할 때가 아니잖아?!'

턱을 떠밀고 있는, 블라우스 속에 있는 부드러운 살── 그것도 시체와 전혀 다르게 생생한 탄력을 지닌 그 감촉. 오토와가 옷을 입으면 은근히 날씬해 보인다는 건 알고 있었지만, 실제로 이렇게 얼굴에 닿고 보니까 또 다른 감동 ── 아니, 정말로 그런 생각 할 때가 아니고.

"히로아키……."

"우, 움직이지 마, 위험하니까."

삽을 든 채로 버둥버둥 날뛰는 오토와를, 일단 팔을 뻗어서 끌어안으면서 말했다. 바로 이해했는지, 오토와가 얌전해졌다.

"일어나지 말라고. 그러다 떨어져. 옆으로 굴러서── 그래."

그리고── 오토와가 내 위에서 비키는 걸 확인하고서 나도 몸을 일으켰다.

다행히 컨테이너는 바다에 떨어지지 않고 바다 위에 남아 있었다.

"……."

오토와는—— 보트 뱃전으로 가서, 나한테 등을 돌리는 모양으로 고개를 숙이고 있다.

아무래도 내 얼굴에 가슴을 제대로 들이댄 것 때문에 창피한 걸까. 그 뒷모습은 마치 못된 짓을 당한 뒤의 소녀처럼 보이기도 했고— 딱히 내가 잘못한 건 아니지만, 왠지 죄악감이 뭉클뭉클 솟아나는 것 같은 기분이 들기도 하는데.

"아…… 저기, 미안."

일단 볼을 긁으면서 말했다.

하지만 오토와는 아무 말도 없다.

평소에 오토와가 상처 확인이네 어쩌네 하면서 내 앞에서도 아무렇지도 않게 속옷 차림이 되고는 해서, 이런 일은 신경 쓰지 않는 줄 알았는데—— 역시 가슴이 직접 닿는 건 싫어하는지도 모른다. 앞서 말한 대로 오토와는 내 생명의 은인이자 소중한 파트너다. 날 미워하게 되면 곤란하다. 그래서 나는 황급히, 생각나는 대로 기분을 풀어주기 위한 말들을 해보기로 했다.

"신경 쓰지 말라고 하는 것도 좀 그럴지도 모르지만, 그러니까, 뭐, 그게, 감사합니다라고 할까…… 그…… 정말 훌륭했다고 할까…… 오토와가 은근히 볼륨이 있다고나 할까…… 아…… 아니, 그러니까…… 저기…… 오토와…… 씨?"

"…………."

역시 오토와는 아무 말이 없다.

"——오토와?"

"……."

여전히 말없이 고개를 숙이고 있는 오토와 옆으로, 네발로 기어서 다가갔더니.

"……제대로 관찰하지 못했어……."

"안 해도 돼."

물속으로 가라앉은 움직이는 시체의 머리를 아쉽다는 듯이 쳐다보고 있는 소녀에게 그렇게 말하고—— 나는 한숨을 휘면서 나이프를 꺼냈다.

컨테이너는 한 변의 길이가 1미터 정도 되는 정육면체다. 보기보다 두꺼운 비닐을 나이프로 찢고—— 컨테이너를 열었다.

안에 들어 있던 것은——

"오, 있다, 있어……!"

나도 모르게 환호성을 질렀다.

컨테이너의 내용물은—— 무기와 탄약이었다.

구체적으로는 리볼버 권총과 자동권총이 각각 몇 정씩, 그리고 거기에 사용하는 탄약 상자가 잔뜩.

"WOLF랑 BLAZER밖에 없네…… 뭐, 그런 걸 따질 상황이 아니지만."

WOLF와 BLAZER는 탄약 제조 메이커의 브랜드 이름이고—— 한마디로 싸구려다.

WOLF는 아마 러시아 메이커였지. 탄약 상자는 다 해서 열 개 정도 들어 있었는데, 윈체스터나 그런 종류의 탄약은 안 보인다. 하지만 지금 우리에게 중요한 건 가지고 있는 무기에 쓸 수 있는 탄약이 있는지 여부다. 일단 〈사쿠라〉에 쓸 수 있는 38SP 탄약이 세 상자, 150발정도 확보했으니까 나로서는 상당히 큰 도움이 됐다.

리볼버 권총 쪽은── 생김새는 〈사쿠라〉나 〈치프 스페셜〉, 〈디텍티브〉 같은 유명한 총기와 비슷하지만, 하나같이 각인을 보면 제조사 이름이나 형식번호가 들어본 적도 없는 곳이거나 제조 번호가 아예 없기도 했다. 아마도 전형적인 새터데이 나이트 스페셜— 정크 건이라고 하는 싸구려다.

자동권총 쪽은 전부 같은 종류── 러시아산 소형 자동권총 마카로프 PM이었다.

"그러고 보니 제식 권총을 교체하면서 나온 잉여 재고 마카로프가, 러시아 마피아를 통해서 흘러나왔다는 얘기가 있었지……."

러시아군 제식 권총이 MP443 〈그라치〉로 바뀐지도 꽤 오래 됐지만, 마카로프는 소련 시절부터 잔뜩 생산된 물건이다 보니 전 세계 곳곳에서 아직까지 현역이고, 군 창고에서 유출된 물건이 일본에도 흘러 들어왔다는 얘기가 있었다. 분명히 최근 몇 년 동안 계속, 마카로프가 불법 총기 압수 숫자 1위를 차지했었던 걸로 기억한다. 예전에는 중국제 토카레프 자동권총 복제품, 54식이 많았다고 하지만——

"조폭분들 무장도 세계정세의 영향을 받는구나."

그렇게 말하면서 씁쓸하게 웃었다.

그렇다. 이 컨테이너…… 조폭이 밀수입한 무기와 탄약이다.

나는 전부터 친한 건숍 점원이나 VR FPS 동료이자 해상보안청 관계자라고 하는 사람한테서, 조폭들이 이런 수법으로 총을 밀수한다는 이야기를 들은 적이 있다.

그리고—— 최근에 알게 된 다른 사람에게서, 현지 조폭이 이 부표를 사용해서 정기적으로 무기와 탄약을 밀수입한다는 이야기를 듣고 확인하러 와본 것이다.

구체적으로는…… 외국 배가 도시부의 항만 안에 들어오기 직전에 몇 분 정도 정박하고, 선원이 컨테이너를 『실수로』 바다에 떨어트리고, 게다가 이 부표에 끝이 걸리는—— 단지 그것뿐이다.

아마도 원래 이 물건을 찾으러—— 회수하러 왔어야 할 조폭은 이미 움직이는 시체가 돼버렸을 때니까, 우리가 대신 회수해서 감사히 쓰더라도 뭐라고 할 사람은 없겠지. 아마도. 솔직히 말이야, 어쩌면 그 끈이 감겨 있던 시체가 원래 『주인』인지도 모른다.

"그리고…… 잠깐만, 이거 수류탄인가? 으아."

컨테이너 제일 밑바닥에 있던 것은 수류탄으로 보이는

덩어리가 다섯 개. 생김새는 이번에도 러시아제 RGD-5 같지만, 인쇄나 각인된 글자도 없는 걸 보면 밀조 된 복제품이려나.

밀조 수류탄이라고 하니까 왠지 무섭지만…… 솔직히 이 수류탄의 파괴력이 있으면 위기 상황을 단번에 역전시킬 수 있을 것이다. 나는 이것도 고맙게 회수해서 쓰기로 했다. 나중에 한 발쯤 시험 삼아 써보고 위력을 확인해봐야겠지만.

"그만 가자, 오토와."

"…………응."

여전히 아쉽다는 얼굴로 바다를 보고 있는 오토와한테 그렇게 말하고—— 나는 고무보트 엔진에 다시 시동을 걸었다.

●

『걸어 다니는 시체』『죽었다 살아난 자』『움직이는 시체』『사인빙(死人憑)』『Z』『좀비』.

죽었는데도 계속 움직이고, 산 자를 공격하는 사람이었던 존재.

자칭 『좀비의 프로』라는 쥬도 오토와의 말에 의하면…… 그것은 원래 부두교 사제가 죽은 자에게 어떠한 소생 처치를 해서, 농장 등에서 부리는 노예로 만든 존재라고 한다.

물론 그것은 단순한 민간신앙── 소위 말하는 미신의 일종이었다.

시체가 움직일 리가 없다.

아니. 더 정확히 말하자면 다세포생물, 고등생물의 육체가 개체로서 사망한 뒤에도 통합적으로 제어된 움직임을 보이는 것은 이론상으로는 있을 수 없는 일이다.

게다가 두 발로 목표를 향해 걸어가는 것은, 절대로 무리다.

원래 이족보행이라는 것은 엄청나게 복잡하고 정묘한 행동이다. 거기에는 균형 감각이 필수불가결하고, 그것을 관장하는 것은 대부분의 경우 속귀── 거기서 느낀 가속을 감각으로서 처리하는 뇌가 제 기능을 해야만 한다.

죽어서 심장 고동이── 순환기계가 정지된 생물이 그런 복잡한 신경계의 세포를 통합제어 할 수 있을 리가 없다. 그야말로 공상 소설에 나오는 『이세계의 마물』이라면 또 모를까, 지금까지 실컷 연구해서 많은 것이 밝혀진 사람의 육체에서 그런 현상이 나타날 여지가 있다고 생각하기는 힘들다.

제아무리 바이러스나 기생생물이라는 이유를 붙여도 말이지.

무엇보다 순환기계가 정지된 상태에서는 근육을 움직이지도 못하겠지. 한동안은 전기 자극이라도 주면 해부한 개구리 다리처럼 기계적인 수축 정도는 할지도 모르겠지만,

순식간에 세포 안에 있는 영양을 다 써버려서 움직이지 않게 된다.

그렇다. 이치에 맞지 않는다.

그래서 많은 사람은 그것은 공상 속의 산물, 일종의 미신이라고 취급해왔다.

마침내 좀비는 공포영화에서도 저예산으로 찍을 수 있는 괴물이라는 이유로—— 무엇보다 연기자가 그럴듯한 분장만 하면 되니까—— 좋은 소재가 됐고, 조지 A 로메로 감독의 역사에 남을 명작(오토와의 의견) 『살아 있는 시체들의 밤』 이후로 『좀비한테 물린 사람도 좀비가 된다』는 흡혈귀적인 요소까지 더해지면서, 창작물에 나오는 좀비의 『스타일』이 굳어져 갔다.

참고로 『살아 있는 시체들의 밤』은 뉴욕 근대 미술관에도 소장된 컬트 클래식 영화가 됐다는 것 같고, 미국 국립 필름 등록부에도 영구 보존 등록됐다나 뭐라나.

마침내 20세기 말에 발매된 게임 『바이오하자드』와 『28일 후』 『월드 워 Z』 같은 영화는 오컬트가 아니라 과학적인 측면에서 좀비를 설명하려고 드는 측면이 더해졌다

이런 작품에서는 방사선이나 바이러스 같은 과학적인 용어로 시체가 움직여서 사람을 공격한다는 설정이 만들어졌다는 것 같다.

하지만— 내가 보기에는 그냥 『악령의 소행』이나 『악마의 소행』 같은 용어가 『바이러스의 소행』이나 『기생충의 소

행』으로 바뀌었을 뿐이고, 역시 시체가 걸어 다니면서 사람을 공격한다는 현상을 설명하기에는 무리라는 생각이 든다.

하지만…… 지금 우리가 처해 있는 이 현실, 어느샌가 사실상 멸망해버린 세상, 거기에 문제의 좀비들이 돌아다니고 있는 것은 틀림없는 사실이다. 이치에 맞거나 말거나, 그것은 실제로 존재하면서 우리를 잡아먹으려고 든다. 같은 시체가 돼서 배회하는 게 싫다면, 거기에 대항할 수단을 생각해내야만 한다.

구체적으로는 그 『생태』——라고 해야 할까——를 이해하고 대처해야만 한다. 야행성인지 주행성인지, 공간 파악을 눈으로 하는지 귀로 하는지, 아니면 뭔가 다른 어떤 것인지, 산 자와 죽은 자를 어떻게 구분하는지 등등.

그래서 우리는 여유가 있으면 좀비의 행동을 관찰했다.

나름대로 개체 차이는 있는 것 같지만, 그래도 『좀비의 대략적인 행동은 이렇다』는 것을 파악해두면, 대처하기가 많이 수월해진다.

그래서——

●

우리는 도로변에 있던 쇼핑센터 앞에서 차를 세웠다.

무기와 탄약을 입수하기 위해 들렀던 항구를 벗어나, 내

륙 쪽을 향해서 한나절 이상 달린 뒤── 동트기 전의 일이다.

"……."

조심조심, 차에서 내려 봤다.

우리가 타고 있는 벤츠 G클래스는 민간 차량이기는 하지만 비포장 지형에서의 주행도 고려한 중량급 사륜구동 차량이다. 겉보기에도 상당히 투박한 차인데, 실제로도 상당히 튼튼해서 그 안에 타고 있는 한은 꽤 안심할 수 있다.

반대로 말하자면, 이 차에서 내리면 갑자기 어딘가에 숨어 있던 좀비한테 공격당할 가능성이 생긴다는 뜻이다.

"음……."

나는 눈을 가늘게 뜨고 주위를 둘러봤다.

교외형 쇼핑센터답게 토지 면적을 잔뜩 사용한, 엄청나게 넓은 주차장이 있다. 곳곳에 자동차가 세워져 있는데, 일단 우리 말고 움직이는 것은 보이지 않는다. 물론 자동차나 화단 뒤에 숨어 있을 가능성은 있지만.

지금까지의 경험을 통해서 알게 된 것인데, 좀비는 어느 정도까지 활동하면 소모를 억제하기 위해서인지 부패가 진행되기 때문인지 동면── 아니, 휴면 같은 상태에 들어가는 것 같다. 덕분에 그런 불발탄 같은 좀비가 여기저기에 앉아있거나 쓰러져 있는 것이다.

이것을 알아차리지 못하고 돌아다니면, 갑자기 사각(死角)에서 공격당하게 된다.

"자……."

나는 며칠 전에 손에 넣은 자동 라이플── 〈라이트 웨이트 스토커〉의 스코프를 이용해서 쇼핑센터 건물까지 가는 길을 확인했다. 주의 깊게, 천천히. 아무래도 완전히 가려진 부분까지는 보이지 않지만, 만약에 『잠든 좀비』가 있다면 발끝이 보인다거나 썩은 체액의 흔적이 지면에 남아 있을 가능성이 크다.

"……있어?"

"아니…… 아직까지는 확인하지 못했어."

"……아쉽네."

"그런 소리 하지 마."

그렇게── 나중에 차에서 내린 오토와와 기본 패턴이 돼버린 대화를 하면서, 몇 걸음 더 나아가서 주위를 확인했다.

입구와 창문은 완전히 파괴됐고, 곳곳에 화재의 흔적도 있다. 비교적 좀비 참사 초기── 아직까지 각종 방재 장치가 작동하던 시기에 일어났던 것 같은 화재의 흔적은 쇼핑몰 전체까지 번지지 않고, 부분적인 데서 그치었다.

"히로아키 님, 제가 확인하러 가볼까요?"

그렇게 말한 사람은 운전석에 앉아있는 안경 쓴 메이드분이다.

그렇다. 메이드다. 왜냐. 메이드복을 입었으니까. 운전하기 위해서인지 합성 가죽으로 만든 손가락이 없는 장갑을 끼고 있어서, 메이드의 차림새치고는 미묘하게 형식에서 벗어나기는 했지만.

그녀의 이름은 우에무라 테츠코 씨.

우리가 며칠 전에 들렀던 코사하나 저택에서 벤츠 G클래스와 〈라이트 웨이트 스토커〉와 함께 얻은 동료 중의 한 사람이다.

메이드 차림새를 했고, 실제로도 메이드지만, 코사하나 가문의 외동딸을 호위하는 역할도 맡고 있기 때문에 해외에 있는 군인이 운영하는 교실에서 요인 경호를 위한 전술 훈련도 받은, 상당히 믿음직한 여성이다.

며칠 전에 현지 조폭이 총기 밀수를 하고 있다는 이야기도 이분한테 들은 이야기다.

참고로 나이도 물어봤지만 활짝 웃으면서 답변을 거부했다. 그리고 안경 너머에 있는 눈에는 웃음기가 하나도 없었다.

"아뇨, 제가 갈게요. 우에무라 씨는 언제든 출발할 수 있게 여기 있어주세요."

그렇게 말하고, 나는 다시 한번, 이번에는 라이플을 내려서 내 눈으로 주위를 둘러봤다. 고배율 스코프는 저격할 때는 좋지만, 아무래도 시야가 좁아지게 된다.

역시── 없다. 괜찮으려나.

"이대로 단숨에 안으로 들어가 볼까."

주위를 철저히 경계하면서── 몸을 앞으로 숙인 상태

로 부서진 입구까지 달려갔다.

여기저기 그을리기는 했지만 아직 튼튼해 보이는 입구 옆 기둥까지 도착해서, 등을 기대고 한숨을 한 번 쉬었다. 지금까지는 좀비가 보이지 않았다.

"역시 빈 껍질인가?"

총구를 건물 안쪽으로 겨누고, 침입── 주위를 둘러본다.

안은 꽤…… 어둡다.

입구나 여기저기서 빛이 들어오고는 있지만, 완전히 어두운 부분도 적지 않다. 우에무라 씨가 준 소형 맥라이트를 왼손에 거꾸로 쥐고, 그 귀에 〈라이트 웨이트 스토커〉 총 몸 앞부분을 얹었다. 경찰이 돌입 작전 때 자주 쓰는 라이트 파지법이다. 군대에서는 보통 라이트가 아니라 헬멧에 장착하는 암시 장비를 사용하는 게 기본이지만, 아쉽게도 그런 편리한 물건은 없다.

"……."

그나저나 정말 조용한 곳이네.

귀를 기울여도 들리는 소리라고는──

"──히로아키 씨."

"허그악?!"

갑자기 등 뒤에서 목소리가 들려와서, 꼴사나운 비명을 질렀다.

당황해서 뒤를 돌아보니 거기에는 애용하는 삽을 든 오

토와── 그리고 그 옆에는 긴 밝은 갈색 머리카락의 아름다운 아가씨가 서 있었다.

나한테 말을 건 사람은 이 아가씨 쪽이다.

단정한 이목구비에 우아한 동작이 정말 잘 어울린다. 밝은 갈색 머리카락도 탈색이나 염색이 아닌 원래 그런 색이라는 것 같은데, 그러다 보니 얼룩진 부분도 없어서 정말 예쁘다. 그냥 가만히 서 있기만 해도 뭐랄까, 주위의 공기까지 바꿔버리는 것 같은 소녀였다.

하지만 그 손에 들고 있는 것은 투박한 소총── 레밍턴 M700이지만.

코사하나 시노.

VR FPS 게임 〈스트래글 필드〉에서 내 파트너 역할을 했던 저격수고, 외모를 보면 알 수 있겠지만 이탈리아인 어머니와 무역상인 우리나라 사람 아버지 사이에서 태어난 부잣집 아가씨다.

"어, 어째서, 차에 있었던 것 아니었어?"

"죄송해요. 역시 걱정이 돼서……."

라이플을 손에 든 시노 양은 약간 수줍어하는 미소를 지었다.

우와아. 귀…… 귀엽다! 사실 말없이 서 있는 모습만 봐도 넋이 나갈 것 같은 미인인데, 이렇게 어쩌다 보여주는 약간 어린애 같은 표정이 너무나 귀엽다.

"저는, 그러니까…… 히로아키 씨 파트너…… 니까요."

게다가…… 이런 말까지.

『파트너』라는 말을 『여자친구』나 『연인』으로 바꿔도 위화감이 없을 정도로 수줍어하면서 말했는데—— 이게 또 엄청나게 귀여워서. 아, 진짜. 대체 어떻게 해야 하지.

그런 생각을 하고 있는데.

"히로아키는 내 파트너."

시노 양 옆에 있는 오토와가 삽자루로 자기 어깨를 두드리면서 그렇게 말했다.

왠지 오토와의 안경 너머에서 날아오는 시선이 미묘하게 강렬하게 느껴지는 건 내 기분 탓일까. 기분 탓이겠지. 기분 탓이 아니면 무서우니까.

"히로아키 혼자 보내면 걱정돼."

"……그, 그러세요."

오토와가 많이 가르쳐줘서 대 좀비 전투에는 익숙해졌다고 생각했는데—— 아직까지 완전히 믿어주지는 않는 건가. 뭐, 당연한 일이지.

나는 씁쓸하게 웃으면서, 결국 셋이서 건물 안에 들어가기로 했다. 어쨌거나 『파트너』가 곁에 있으면 마음이 든든하다. 하지만 파트너가 전부 여자라는 점이, 남자로서는 한심하다는 기분도 들지만…… 실제로 두 사람 모두 우수한 스킬을 지녔기 때문에 나로서는 뭐라고 불만을 가질 여지가 없다.

"휑하니, 쓸쓸한 느낌이네요."

시노 양이 건물 안을 둘러보면서 그렇게 평했다.

나와 오토와는 식량 조달 때문에 이런 상태가 된 건물을 탐색한 경험이 꽤 있지만…… 시노 양은 처음 보는 광경이겠지. 사람들이 잔뜩 있는 게 당연한 풍경 속에 아무도 없다는 것은 상당히 기분이 나쁘다.

"습격 흔적. 이건 좀비에 의한 게 아냐."

오토와가 바닥을 가리키면서 말했다.

거기에는 한눈에 봐도 오토바이의 것으로 보이는 타이어 자국이 선명하게 남아 있었다.

좀비는 오토바이를 탈 수 없을 테니까. 그렇다면 이건――

"여길 습격한 건 좀비만이 아니라는 뜻인가요?"

"폭도로 변해버린 사람이 물자를 찾아서 이런 가게를 습격하는 건, 좀비물의 클리셰."

시노 양의 질문에 오토와가 담담하게 대답했다.

"……."

시노 양의 표정이 약간 일그러지는 게 보였다.

좀비 참사 속에서도 가장 끔찍한 혼란기를, 나와 시노 양은 방이나 집 안에 틀어박혀서 보냈다. 그래서 이런 극한상황 속에서 드러나는 사람들의 추악한 싸움을 실제로 보지는 못했다. 시노 양의 경우에는 오히려 정반대― 자기희생에 의한, 아버지의 고귀한 사랑을 직접 두 눈으로 보면서 살아남았다.

하지만…… 오토와는 오히려 그런 상황 속에서, 혼자 힘으로 살아남았다.

좀비 영화의 클리셰라는 것 같으니까 당연히 지식은 가지고 있겠지만, 아마도 오토와는 실제로 사람들이 추악한 싸움을 벌이는 현장을 직접 체험했을 것이다. 살아남은 사람들이 얼마 되지도 않는 식량과 물자를 놓고 서로를 밀쳐내고, 또는 죽고 죽이는 그런 장면을.

아직 10대 여자아이인데…… 말이지.

"오토와……."

"왜?"

말을 걸었지만 오토와는 평소와 똑같이 무표정한 얼굴로, 태연하게 대답했다.

"아니, 아무것도 아냐. 그보다── 이게 사람이 습격한 흔적이라면, 여기 남아 있던 사람들은 어떻게 됐을까?"

"죽으면 자동으로 좀비가 되니까, 아직 여기 남아 있을 가능성이 있어."

"……안 좋은 정보 고마워."

나는 진력을 내면서 그렇게 말했다.

"하지만, 그렇다면 이미 나왔어도 이상하지 않을 것 같은데요?

시노 양의 지적도 당연한 얘기다.

우리는 말하면서도 계속 걸어갔기 때문에 이미 꽤 안쪽까지 들어와 있는데, 아직까지 좀비와 마주치지 않았다.

앞에서 말한 휴면 상태인 좀비라면 어딘가 으슥한 곳에 있을 가능성이 있지만, 그렇다면 우리의 말하는 소리나 냄새로 눈치채고 일어났을 만도 한데.

"히로아키. 좀비는 생전의 행동을 따라 하는 경향이 있어── 기억해?"

문득, 오토와가 뭔가 생각난 것처럼 말했다.

"기억해."

우리 부모님과 슈퍼에서 상품을 진열하던 좀비…… 등등, 이유는 모르겠지만 내가 목격한 좀비들은 대부분이 생전의, 습관적인 행동을 그대로 되풀이하고 있었다.

사람에게는 육체 기억이라는 것이 존재한다는 설이 있어서, 장기 이식 수술을 받은 사람의 미각적 기호가 장기 제공자의 것처럼 바뀌었다는…… 그런 이야기도 있다. 뇌는 신경세포 덩어리지만, 신경세포 자체는 온몸에 존재하기 때문에 육체 쪽에서도 일종의 기억을 유지하고 있을 가능성이 있다는 설이 있다.

뭐, 그렇게까지 어려운 이야기가 아니더라도, 옛날부터 『몸이 기억한다』는 사고방식이 있으니까, 계속 되풀이하던 동작을, 뇌가 죽어도 몸이 기억하고 있다는 설은 쉽게 받아들일 수 있다.

"여기 모이는 좀비, 즉 쇼핑몰에 있는 건 점원이나 손님……."

오토와가 손가락을 하나 세워 보이면서 말했다.

"즉, 아직 오픈하기 전이라서, 없어."

"…………아니, 저기 말이야."

분명히, 시계를 확인해보니 아직 아침 7시니까 쇼핑몰이 오픈하지 않은 시간이 맞기는 한데. 아무래 그래도 그런 이유——

"그렇군요. 그래서 좀비가 없군요."

납득한 표정으로 고개를 끄덕이는 시노 양.

아니, 저기요, 그게 아니라! 둘 다 잠깐만 기다려 줄래요?!

"그걸로 납득할 상황이 아니잖아! 그리고 오토와도 의기양양한 표정 짓지 말고!"

오토와는 변함없이 무표정한 얼굴이지만…… 벌써 한 달도 넘게 같이 행동하다보니 입모양이나 눈꼬리, 그런 사소한 부분을 보면 이 좀비 마니아 소녀가 은근히 의기양양해 하고 있다는 정도는 알 수 있다.

"그럼, 데와 히로아키 박사님에 의한, 납득할 수 있는 설을 요구."

"누가 박사야. 그리고 설이라니, 너——."

그런 건 없지만. 뭐니, 이 패배했다는 기분은?

내가 뭐라고 반박해야 좋을지 고민하고 있는데.

"……."

아주 조용한 통로—— 저 안쪽.

그곳에서 귀에 익은 신음소리가 들려왔다.

"……있잖아."

"……밤샘 잔업?"

"죽은 뒤에도 잔업인가."

"세상 참 힘들다."

소리를 죽여서, 오토와하고 그런 소리를 주고받으며 시노 양을 보면서 고개를 끄덕여 보이고는, 손으로 지시를 내려서 진형을 짰다.

전위── 돌격대장은 본인이 원한 것도 있어서 백병전 장비── 삽을 든 오토와. 나는 열 걸음 정도 뒤에서 총으로 지원. 후위는 시노 양이 맡고, 후방을 경계.

"……소리를 들어보면, 상대는 하나."

발소리를 죽이고, 몸을 숙인 자세로 걸어가는 오토와.

벌써 몇 번이나 싸운 경험에 의해 오토와라면 괜찮으리라는 걸 알고 있지만, 어쩔 수 없는 긴장감 때문에 손바닥에 땀이 밴다. 나는 마른 침을 삼키고서 오토와한테 말했다.

"조심해. 함정일 가능성도 있으니까."

좀비가 함정을 설치할 것 같지는 않지만, 홈센터에서 오토와가 그랬던 것처럼, 전에 여기에 틀어박혔던 사람들이 만든 함정이 남아 있을 가능성도 있다.

하지만──

"……히로아키. 와봐."

복도 안쪽까지 도달한 오토와는── 우리 쪽을 돌아보면서 손짓했다.

몸을 일으키고, 삽도 내리고, 완전히 경계를 푼 느낌인데…….

"괜찮아?"

나와 시노 양은 서로 얼굴을 마주 본 뒤에 오토와 쪽으로 다가갔다.

"대체 뭐가…… 윽."

"히익……!"

"……으아…… 이건 심하다……."

복도 안쪽, 모퉁이에서 우리가 본 것은── 상반신만 남아서 바닥에 굴러다니는 여성 좀비였다. 아무래도 비교적 최근에 좀비가 된 것 같다. 몸에 부패한 흔적은 없고, 얼굴에는 아직 은테 안경까지 쓰고 있다.

아마도 사고 같은 게 일어나서 하반신이 파괴됐겠지. 절단면에서 피가 엄청나게 나오고, 내장이 튀어나와 있다. 덕분에 한눈에 봐도 좀비라는 걸 알 수 있는데, 그냥 가만히 서 있었다면 생존자라고 착각했을지도 모른다.

"……응?"

그 좀비한테는 또 한 가지 기묘한 특징이 있었다.

과자를 잔뜩 끌어안고 있었다. 입고 있는 재킷 주머니에도 과자가 가득 들어서 빵빵하게 부풀어 있는데, 그것만으로도 부족하다는 것처럼 두 팔로 과자 봉투를 잔뜩 끌어안고 있었다. 다 끌어안지 못해서, 몇 개는 주위에 흩어져 있지만.

자기가 먹으려고? 아냐, 설마.

"상반신만으로도 움직이는군요……."

시노 양이 겁먹은 목소리로 중얼거렸다.

"머리를 없애지 않는 한은 계속 움직이는 게 기본."

오토와가 삽날로 좀비를 슬쩍 찌르면서 말했다.

하반신이 없으니까 돌아다니지도 못하고 일어나지도 못한다. 팔은 과자를 끌어안고 있어서 쓸 수 없고. 좀비는 좀비지만, 함부로 다가가지 않으면 큰 위협이 되지는 않을 것 같다.

"이분, 외국 과자를 꽤 많이 가지고 계시네요"

문득, 시노 양이 그런 말을 했다.

"이거 전부…… 수입 과자예요."

그 말을 듣고서야 알았다. 분명히 적혀 있는 글자가 전부── 영어다. 하는 김에 더 자세히 봤더니 초콜릿 계열이 유난히 많다.

"밸런타인데이에 우정 초콜릿을 잔뜩 나눠주는 사람이려나요……?"

"그럴 리가."

나도 모르게, 시노 양에게 오토와 같은 말투로 딴죽을 걸었다.

시노 양은 생김새도 그렇고 성격도 그렇고 거의 완벽한 좋은 집안 아가씨지만, 나름대로 어딘가 어긋난 구석이 있다. 그게 또 귀엽기도 하지만.

"하지만 이렇게 잔뜩 가지고, 대체——."

시노 양이 몸을 숙여서 바닥에 떨어져 있는 과자 봉지를 하나 집으려고 했다.

그 순간——

"으어어어가아아아아!"

"꺄악?!"

이를 드러내고, 지금까지 없었던 위협하는 행동을 보이는 좀비.

설마 이렇게 갑자기 화를—— 그렇다, 화를 냈다—— 낼 줄은 몰랐던 우리는, 한순간 대처가 늦어졌다. 제대로 움직이지도 못하는 좀비라고 얕봤던 탓도 있고.

좀비가, 갑자기 벌떡 일어났다.

시노 양의 눈앞에 떨어지는 좀비. 팔을 뻗어서 시노 양의 발목을 잡——

"——아가씨!"

고함소리가 울린다. 다음 순간—— 요란한 총소리와 함께, 좀비의 머리가 마치 검붉은 페인트를 가득 채워놓은 물풍선처럼 터졌다.

"——!!"

피와 뇌수와 뼛조각이 바닥에 뿌려졌다.

윗입술 위쪽이 단번에 날아가 버린 좀비는 그대로 뒤로 자빠졌다.

저 너머에서 한순간 늦게—— 그제야 생각이 났다는 것

처럼 딸그락, 하고 딱딱한 소리를 낸 것은, 총에 맞으면서 날아가 버린 은테 안경의 잔해겠지.

"무사하십니까?!"

모스버그 M500 산탄총을 빈틈없는 자세로 들고 달려온 사람은, 굳이 말할 필요도 없이 우에무라 씨였다. 자세히 보니 오른손 손가락 사이에 산탄을 두 발 끼우고 있다.

오오?! ——컴뱃 리로드!

군용 샷건을 사용할 때 종종 보이는 사격 방법인데, 탄창에 의존하지 않고 탄약을 한 발씩 약실에 집어넣는 방법이다. 산탄총에는 다양한 탄환이 있는데, 이 방법을 이용하면 한 발씩, 필요할 때 상황에 맞는 탄환을 선택해서 사용할 수 있다.

우에무라 씨가 있는 위치에서 봤을 때 중간에 시노 양이 있는 좀비를 쐈으니까, 산탄이 아니라 사슴 사냥 등에서 사용하는 단발 탄약——슬러그탄이나 송탄통을 사용하는 탄약——을 사용했겠지. 산탄을 쏘면 시노 양한테 맞을 수도 있으니까.

"우에무라 씨—— 어째서."

"죄송합니다. 여러분이 돌아오지 않으셔서, 걱정이 된 나머지."

오토와의 질문에—— 이미 위협은 사라졌다고 생각했는지, 우에무라 씨가 총을 내리면서 말했다.

나도 다시 좀비 쪽을 봤는데, 머리 대부분이 완전히 날아가 버린 그것은 더 이상 경련조차 하지 않았다.

어떤 권총이나 라이플보다 구경이 큰 산탄총용 단발탄은, 사정거리는 짧지만 제지력…… 소위 말하는 스토핑 파워가 엄청나게 강하다. 좀비의 머리를 착탄의 충격으로 파괴하고, 완전히 날려버렸다.

덕분에 시노 양의 몸에는 피나 뇌수가 거의 안 묻었——는데.

"——확인."

그렇게 말하면서 몸을 웅크리고, 갑자기 시노 양의 옷을 벗기려고 드는 오토와.

"꺅?! 자, 잠깐만요 오토와 양, 뭐죠?!"

"벗어."

아래쪽에서 시노 양을 올려다보며 명령하는 오토와.

"물렸거나—— 긁혔다면 좀비가 될 가능성."

"아니, 잠깐만 기다려봐?! 지금 여기서 할 소리야?!"

"빨리 처치하면 상처 입은 팔다리만 잘라내고 끝낼 수 있어."

그런 소리를 하면서 삽을 치켜드는 오토와.

"『월드워 Z』에서 봤어. 바이러스가 돌기 전에 절단. 한시가 급해."

"하— 하지 마……?!"

"안 긁혔어! 닿지도 않았고! 내가 봤어! 틀림없다고!"

뒤쪽에 있는 우에무라 씨가 산탄총을 겨누는 기척을 느

끼며, 필사적으로 소리쳤다.

"……그래?"

삽을 내리고 고개를 갸웃거리는 오토와.

"안 닿았다고…… 생각해요……."

시노 양이 호소했다.

"그래. 다행이네."

"저기, 너 말이야……."

긴 한숨을 쉬었다.

오토와의 판단력, 결단력은 정말 믿음직하지만, 그 감각이 보통 사람들의 감각과 너무 동떨어진 탓에, 가끔씩은 무섭다. 좀비 대책에 있어서는 오토와의 생각이 옳은 경우가 많지만, 그렇다고 해서 모든 사람이 갑자기, 아무런 위화감 없이 그 판단을 받아들일 수 있는 건 아니다.

오토와가 시노 양의 발을 삽으로 잘라버리려고 했다면…… 그게 시노 양을 구할 수 있는 유일한 방법이라고 설명하기 전에, 우에무라 씨가 오토와를 사살했겠지.

아, 젠장. 심장에 부담되네…….

"죄송해요, 우에무라 씨—— 시노 양이랑 같이 먼저 차에 가 계세요."

"알겠습니다."

우에무라 씨는 고개를 끄덕이고는 시노 양과 함께 통로를 따라 돌아갔다.

"……너 말이야."

나는 다시 오토와 쪽을 보면서 말했다.

"좀 더 뭐랄까…… 배려라고 할까…… 다른 사람 기분도 생각해서 행동해야 하지 않겠어?"

"조기 발견, 조기 대처, 이게 중요."

"그럴지도 모르지만 말이야. 아무리 그래도 내 눈앞에서 여자애 옷을 벗기려고 들지 말라고."

"……."

깜박깜박, 의아하다는 것처럼 안경 렌즈 너머에 있는 눈을 깜박거리는 오토와.

아, 이거 이해하지 못했다는 얼굴이다.

"그러니까 뭐랄까, 보는 쪽도 보여주는 쪽도 창피하다고 할까."

애당초 상처 확인을 한다고 해도, 말로 설명해서 시노양이 납득하면 어떻게든 할 수 있을 테고. 물론 만약에 정말로 상처가 났다면, 한시를 다투는 사태—— 라는 건 알겠지만 멋대로, 동의도 구하지 않고 옷을 벗기려고 들면, 싸움이 벌어지는 것도 당연한 일이지.

"서로, 몇 번이나 확인했는데. 창피했어?"

"창피하지 않을 거라고 생각했냐."

오토와와 만난 날 이후로, 우리는 매일같이 서로의 몸을 확인했는데, 일찌감치 질려버린 나는 내가 먼저 옷을 벗고 오토와한테 확인하게 하고, 그 뒤에 내가 오토와를 확인해 주는 방법으로 하자고 제안했다.

이거라면 뭐, 바지만 벗지 않으면 내 거시기가 머시기한 상태가 됐다는 걸 보여주지 않고 넘어갈 수 있으니까. 오토와는 오토와대로 내 거시기가 머시기한 상태가 된 걸 보면 얼굴이 빨개지는 주제에 나한테 속옷 차림을 보여주는 건 전혀 신경 쓰는 기색이 없으니까, 그 방법으로 한참 동안 잘해 왔는데.

"하지만 히로아키는 아무렇지도 않아 보였어."

"하나도 안 괜찮았거든. 10대 남자의 서…… 성욕을, 얕보지 말라고."

"그치만——."

"이래 뵈도 엄청 참고 있는 거야. 첫날 같은 추태는 보이고 싶지 않으니까."

오토와는 잠시, 뭔가를 생각하는 것처럼 눈만 깜박거리더니.

"……그래. 그럼 됐어."

"아니 잠깐만, 뭐가 됐다는 건데, 뭐가."

"뭐, 그러니까, 이래저래."

웬일로 애매하게 말하는 오토와.

잠깐 얼굴이 빨개진 것도 같았는데…… 혹시 첫날에, 내 거시기가(이하 생략) 라도 생각이 났나. 제발 부탁이니까 잊어줘, 이렇게 부탁드립니다요.

"그러고 보니까 말이야…… 오토와. 좀비는 생전의 행동을 되풀이하는 경향이 있었지?"

“예외도 많이 있지만.”

우리가 지금까지 관찰해온 범위 안에서는 그런 패턴이 많았다.

오토와의 말에 의하면 그런 좀비가 나오는 영화도 많다던가.

“그럼 말이야…….”

나는 완전히 시체로 되돌아간 좀비 옆에 앉아서, 과자 봉투 하나를 집어 들었다.

“이 녀석은, 과자를 이렇게 잔뜩 챙겨서 어디로 가려고 했던 걸까……?”

●

어쨌거나 쇼핑몰은 완전히 허탕이었다.

쓸 만한 것들이 거의 남아 있지 않았다.

먹을 것들은 자동판매기 안에 있는 것까지 전부 텅텅. 좀비가 끌어안고 있던 초콜릿도 포장이 되어 있기는 해도 바이러스나 균 같은 게 묻어 있을 가능성이 있다고 생각하면 먹기가 좀 그러니까, 그냥 그 자리에 두고 왔다.

뒷마당에 간신히 남아 있던 의류, 주로 속옷과 신발, 그리고 100엔 숍에서 확보한 잡화류가 이번의 전리품이다.

우리는 얼마 안 되는 그것들을 차에 싣고서 출발했다.

목표는 교외. 도심부는 여러 의미에서 되레 위험하니까.

그리고——

"…………이런."

나는 조수석에서 어제 손에 넣은 무기 손질—— 이라기보다는 분해해서 동작을 확인하고 있었다. 리볼버는 어지간해서는 작동 불량이 일어나지 않아서 괜찮지만, 자동권총은 겉으로 봐서는 알 수 없는 문제가 있는 경우도 흔하니까.

100엔 숍에서 조달한 플라스틱 쟁반 위에 대충 분해한 마카로프를 올려놓고 각 부분의 가동을 확인하고 있었다.

"보기에는 괜찮아 보이는데—— 나중에 시험 사격이라고 해볼까."

"그게 좋을 것 같습니다."

그렇게 말한 사람은 운전 중인 우에무라 씨다.

"마카로프는 튼튼한 군용 총기니까, 큰 문제가 있을 것 같지는 않습니다만."

"그렇겠죠."

참고로 오토와와 시노 양은 후방 좌석.

오토와는 평소처럼 무표정한 얼굴인데, 시노 양은 조금 전 일 때문에 상당히 피곤했는지 오토와한테 기대는 모양으로 잠들어 있다.

오토와가 다리를 자르려고 든 탓에 좀 더 위험하게 여기고 경계할 만도 한데—— 내가 사정을 설명했더니, 시노 양은 바로 이해해줬다.

생긴 대로 솔직한, 착한 사람이다.

"……."

오토와는 오토와대로 자기한테 기댄 시노 양을 깨우거나 밀치지도 못하고…… 오히려 시노 양의 머리가 떨어지려고 하면 한쪽 손을 대서 받쳐주고 있다. 오토와는 원래 이렇게, 은근히 착한 구석이 있다.

"왜?"

룸미러 너머로 보고 있었더니, 오토와가 내 시선을 눈치챘는지—— 평소처럼 무표정한 얼굴로 물었다.

"아니, 그냥."

"……."

"그나저나 시노 양도 잠들었으니까, 좀 이르긴 하지만—— 어디 적당한데서 조금 쉬었다 갈까요?"

"그렇군요. 그게 좋을 것 같습니다."

우에무라 씨가 고개를 끄덕였다.

"우에무라 씨도 아침부터 계속 운전하셨으니까. 오토와—— 어디 좋은 곳 없을까?"

"음……."

오토와는 무릎 위에 올려놓은 배낭을 이리저리 뒤지더니, 안에서 도로 안내 지도를 꺼냈다.

"여기가 적당할 것 같아. 서쪽으로 조금만 더 가면—— 아. 저기 보인다."

오토와의 말이 끝나기도 전에, 목적지가 시야에 들어왔다.

바로── 꽤 넓은 하천이.
"강가에 가자고? 주위가 잘 보이기는 하겠는데──."
"아니야. 조금 더 가면 아마도…… 보인다."
오토와가 손가락으로 가리킨 곳은, 강 중간에 덩그러니 튀어나와 있는 육지 부분이었다.
"설마…… 저 섬 말이야?"
"그래. 주위도 잘 보이고, 강은 물의 흐름과 강바닥의 퇴적물 때문에, 수심이 얕아도 걷기가 힘들어. 좀비가 다가오기 힘들고, 넘어져서 쓸려 내려가기도 쉬워. 동시에 접근하는 걸 알아차리기도 쉽고."
"그렇구나……."
그 말이 맞네. 더 생각하자면 아마도…… 강의 물소리와 냄새 때문에 우리 존재를 감출 수 있다는 이점도 있겠지.
"우에무라 씨, 이 차로 저 섬까지 갈 수 있을까요?"
"예, 물론이죠."
그렇게 말하면서, 우에무라 씨는 강가로 내려가는 길을 찾아서 그리로 차를 몰았다.
크고 작은 돌들이 잔뜩 깔린 강가에 들어서자 G클래스가 덜컹덜컹 흔들리기 시작했기 때문에 자고 있던 시노 양이 '흐에……?' 하고, 약간 얼빠진 것 같으면서도 귀여운 소리를 내면서 깼다.
"죄송합니다, 아가씨."
"그러니까…… 아, 제가 잠들었나 보네요."

살짝 부끄러워하면서 말하는 시노 양.

"전방에 보이는 섬에 차를 세우고 잠시 쉬도록 하겠습니다. 강바닥의 진흙이나 자갈에 차가 빠지기라도 하면 곤란하니까, 조금 세게 달리도록 하겠습니다. 많이 흔들릴 테니까 조심해 주세요."

말이 끝나기가 무섭게 G클래스가 가속—— 두툼한 타이어가 물을 잔뜩 날리면서 강으로 뛰어들었다. 겨우 몇 초 만에 섬에 도착했고, 그 한복판에서 우에무라 씨가 시동을 껐다.

"으음………… 역시 계속 차에 타고 있으니까 여기저기가 쑤시네."

그렇게 말하면서 내가 제일 먼저 차에서 내렸고, 이어서 우에무라 씨, 오토와, 그리고 시노 양이 내렸다.

섬은—— 내가 보기에는 서른 평 정도 되는 넓이였다. 강기슭에서 봤을 때보다 넓은 인상이다. 작은 집 한 채 정도는 세울 수 있을 것 같다.

곳곳에 꽤 키가 큰 잡초들이 자라 있고, 그 잡초들이 바람에 흔들렸다.

나는 일단—— 만약에 대비해서 섬 주위를 빙 둘러봤는데, 물속에 숨어 있는 좀비는 보이지 않았다. 오토와 말대로 좀비가 강기슭에서 이쪽으로 건너올 가능성은 거의 없겠지만, 상류에서 강에 빠진 좀비가 흘러왔을 가능성을 고려해서 확인한 것이다.

일단 여기는 안전한 것 같다.

내가 안도의 한숨을 쉬고 대충 바닥에 앉으려고 하는데…….

"——히로아키."

G클래스 차체를 빙 돌아온 오토와가 날 불렀다.

"우에무라 씨가, 격투기를 가르쳐준대."

"뭐? 격투기?"

얘가 갑자기 무슨 소리야.

그나저나—— 우에무라 씨가 먼저 말을 꺼냈나?

"내가 부탁했어."

그렇게 말하는 오토와 뒤쪽에서 우에무라 씨가 나타났다.

"히로아키 님도 같이 하시겠습니까?"

"아니요, 무슨, 우에무라 씨도 좀 쉬세요."

아무리 생각해도 제일 많이 일하는 사람은 우에무라 씨인데 말이야.

"오토와! 너, 남의 사정도 좀 생각해서——."

"괜찮습니다. 그리고 이것도 앞으로를 위한 일이니까요."

우에무라 씨는 싫어하는 기색도 없이 미소를 지었다.

그나저나 피곤해하는 기색이 하나도 없는데, 이 사람은 대체 얼마나 터프한 거야. 겉모습은 아주 평범한 젊은 여성인데, 우리 중에서 제일—— 남자인 나보다도 체력이 좋은 것 같다.

"히로아키――『총이 없으면 난 그냥 짐 덩이』라고 말했어."
오토와가 나한테 다가오면서 말했다.
"그러긴 했는데……."
"좋은 기회. 나도 배울래."
"그렇게 하루아침에 어떻게 될 일이 아닐 텐데――."
뭐, 오토와가 말한 대로 좋은 기회이기는 했다.
당연한 얘기지만 VR FPS에서는 어디까지나 사격으로만 싸웠기 때문에, 격투기는 전혀 할 줄 모른다. FPS에서 키워온 반사 신경과 근력에만 의존하면, 분명히 지근거리에서의 조우전에는 대처하지 못할 가능성이 크다.
"그럼, 우에무라 씨. 피곤하실 텐데 죄송하지만……."
"아닙니다, 신경 쓰지 마세요."
부드러운 말투로 그렇게 대답하고는――
"기본적으로는 호신술이니까, 근력 운동이나 체력 운동은 생략하겠습니다. 먼저― 덤벼드는 상대에게 재빨리 대응할 경우. 히로아키 님. 똑바로 저한테 와보시겠습니까?"
그렇게 말하고, 우에무라 씨가 나한테 이리 오라고 손짓을 했다.
"예? 그쪽으로…… 으어읏?!"
꽤나 편한 말투라서 나도 별생각 없이 다가갔는데――서로의 손이 닿을 정도 거리에 들어선 순간 우에무라 씨가 내 멱살을 잡았고, 그대로 세상이 한 바퀴 빙글 돌았다.
"크엑?!"

땅바닥에 잡초가 무성하게 우거진데다── 내가 땅바닥에 처박히기 직전에 우에무라 씨가 살짝 손을 빼서 날 띄워준 덕분에, 나는 내던져지기는 했어도 크게 아프지는 않았다.

"어떠신가요?"

"사, 사람을, 이렇게 간단히 던질 수 있는 건가요……."

"유도나 합기도는 인체의 구조학과 역학이니까요. 힘을 써서 억지로 던지는 게 아닙니다. 참고로 가라테나 복싱 등의 타격기 위주의 격투기는 특히 『걸어 다니는 죽은 자』 상대로는 그다지 유효하지 않을 것 같아서, 고려하지 않았습니다."

유창하고 깔끔한 말투로, 우에무라 씨가 그렇게 설명해줬다.

하긴 뭐, 맞아도 아파하지 않고 몸 일부가 뜯겨 나가건 뼈가 부러지건 태연하게 달려오는 상대한테, 어설픈 타격기는 아무 의미도 없겠지.

던지는 기술이라도 그걸로 좀비를 쓰러트리기는 힘들겠지만, 일단 넘어트린 다음에 도망치거나 목을 세게 밟아서 목뼈를 부러트리는 등등, 대처할 여유가 생기니까.

"──오토와 님. 어떠신가요?"

우에무라 씨가 오토와를 보면서 물었다.

"응, 움직임은 나쁘지 않아."

……넌 대체 뭐 하는 사람인데.

"하지만 좀비를 상대하려면 어레인지가 필요."
"그 말씀은?"
"예를 들자면——."
그렇게 말하면서, 오토와가 일어선 내 쪽으로 다가왔다.
커져만 가는 안 좋은 예감.
"야, 오토와—— 으걱?!"
좀비가 가진 최대의 무기는 이빨.
그렇게 말하면서, 오토와가 주먹 쥔 손을 내 입안에 쑤셔 넣었다.
"더 정확히 말하자면 턱. 손톱도 감염의 위험이 있지만, 두꺼운 옷을 입고 있으면 어지간한 일이 없는 한은 괜찮아. 하지만 턱은 물리면 귀찮아. 그래서 먼저 그걸 무력화"
"어거, 어거거?!"
"그렇군요. 그건 효과적일지도 모르겠군요. 하지만, 직접 손을 집어넣는 건 위험하지 않을까요?"
"당연히 그래. 원래는 두꺼운 장갑을 끼고, 도구가 있으면 그걸 써. 쑤셔 넣는 건 뭐든 좋을 것 같아. 의외로 뭉친 잡지가 효과적. 잘만 하면 이를 부러트릴 수 있어."
"으거…… 어거……."
"그렇군요. 구하기 쉽고, 쓰고 버리기도 쉬우니까요."
"맞아. 쓰고 버린다면 감염의 위험도 줄일 수 있어."
"——언제까지 남의 입에 손을 집어넣고 있을 셈이야!"
오토와의 손을 빼고, 큰소리로 외쳤다.

●

그렇게 해서—.

처음에 꽤 불안한 일이 있기는 했지만, 우에무라 씨의 지도와 오토와의 감수에 의한 대 좀비 격투술 강좌가 진행됐고, 그대로 밧줄을 이용한 각종 서바이벌 기술 수업으로 흘러가서는—— 두 시간가량이 지났다.

참고로 만에 하나의 경우에 대비해서 양쪽 강가에 밧줄을 걸치고, 양쪽 강가에 박아서 세워놓은 못뽑이에 묶어뒀다. 내가 몇 번이나 강물 속에서 넘어져 가며 양쪽 강가까지 끌고 갔다. 밧줄을 잡으면 흐르는 물 때문에 넘어질 일도 없이, 맞은편까지 비교적 빨리 건너갈 수 있다는 생각에서 한 일이다.

뭐 그렇게 해서—— 우에무라 씨는 근력 훈련이네 뭐네는 생략한다고 말했지만, 끝났을 때, 나는 멋지게 피폐해져 있었다.

"주, 죽겠다…… 하나도 안 간단하잖아……!"

"그럼, 오늘은 여기까지 할까요. 히로아키 님, 수고하셨습니다."

똑같이 움직였는데, 우에무라 씨는 땀 한 방울 안 났다.

이게 게이머와 진짜 전투 훈련 이수자의 차이인가.

"히로아키 님은 소질이 있습니다. 틀림없이, 곧 저를 뛰어넘으실 수 있을 겁니다."

"고, 고맙습니다……."

빈말인지 위로인지는 모르겠지만, 일단 칭찬해주니 기분이 나쁘진 않네.

"그럼, 나랑 우에무라 씨는 주위를 살펴보고 올게."

오토와가 밧줄을 잡으면서 말했다.

"히로아키는 점심밥 준비 해둬."

"쉬게 해줄 생각은 없는 거냐?!"

그렇게 투덜대기는 했지만, 생각해보니 아침부터 아무것도 안 먹었다. 게다가 몸을 잔뜩 움직인 탓에 배가 꽤 고팠다.

"뭐, 알았으니까. 조심해야 한다?"

"……응."

고개를 끄덕이고, 오토와와 우에무라 씨는 밧줄을 잡고 강을 건너갔다.

두 사람이 강을 거의 건너간 걸 확인하고, 나는 한숨을 한 번 쉬고는 G클래스 뒤쪽으로 갔다. 식재료— 그리고 조리 기구를 꺼내기 위해서.

그런데…….

"아, 히로아키 씨."

"시노 양——."

거기에서는 이미 시노 양이 간이 가스레인지와 냄비 등등을 꺼내서 조리를 시작하고 있었다.

"저기, 오토와가 저한테 점심밥 해두라고 했는데—"
"일단 밥은 조금만 더 있으면 다 돼요."
시노 양이 웃는 얼굴로 그렇게 말했다.
"먼저 준비해준 거야. 미안하네."
"역할 분담은 당연한 일이잖아요. 파트너니까."
시노 양이 그렇게 말해줬다.
"테츠코 씨랑 훈련하셨잖아요? 피곤하실 테니까 잠깐 쉬고 계세요."
아아…… 착한 사람이다…… 왠지 눈물이 날 것 같다.
"그나저나 오토와 자식도 사람을 함부로 부린다니까."
"그럴지도 모르겠네요."
밝게 웃으면서 말하는 시노 양. 오토와가 거의 표정이 없다 보니, 시노 양의 웃는 얼굴이 유난히 인상적으로 보인다.
"게다가 잘난 척 감수가 어쩌네 하면서 이것저것 주문하고 말이야, 정말로 쉬러 온 게 맞기는 한 건지…… 정말이지, 그 녀석은 처음 만났을 때부터 사람을 짐짝처럼 부리고, 정말 자비라는 말을 모르는 것 같다니까."
내가 그렇게 투덜거렸더니.
"……히로아키 씨, 오토와 양하고 사이가 좋아 보이네요."
갑자기 생각났다는 것처럼, 시노 양이 그렇게 말했다.
"뭐? 그, 그런가?"
뭐, 존경도 하고 감사도 하니까, 험악한 사이는 아닌데.

어떻게 받아들이는지에 따라 다른 얘기기는 하지만, 『사이가 좋아 보인다』고? 새삼 그렇게 물어보면 바로 대답하기 힘든 부분도 없지는 않다. 『친구』와 『동료』의 뉘앙스 차이라고나 할까. 굳이 따지자면 그냥 내가 오토와한테 휘둘리는 꼴인 것 같기도 한데 말이야.

"오래전부터 알던 사인가요?"

"걔랑? 아냐, 설마!"

어째선지 당황해서 고개를 저었다.

"시간만 따지자면, 시노 양 쪽이 훨씬 길어."

"그, 그런가요? 꽤나 친한 것 같아서, 오래전부터 알던 사이라고 생각했는데……."

"아……."

뭐, 단순한 아는 사이로 지낸 시간이 아니라, 실제로 얼굴을 맞대고 접한 시간, 또는 그 시간 단위 속에서 주고받은 언행의 밀도를 생각하면 오토와아 친하다는 건 틀린 말이 아니다.

솔직히 여자랑 이렇게 오랫동안 같이 행동하고 자연스럽게 접하는 것도, 창피하지만 처음 해보는 경험이다.

"오토와는 뭐라고 할까, 조금 특이하다고 할까…… 왠지 그 녀석하고는 같이 있어도 긴장되지 않는다니까."

처음에 엄청나게 긴장했던 탓에 그 뒤는 뭐랄까, 거리감을 파악했다고 할까. 오토와는 오토와대로 좀비 관련 문제가 아니면 여러모로 신경 쓰지 않는 성격이라서, 나도 크게 신경 쓰지 않아도 된다는 이유도 있다.

"히로아키 씨는, 혹시 여성이랑 같이 있으면 긴장되나요?"

시노 양이 고개를 갸웃거리면서 물었다.

"어, 그, 그게 말이야, 난 계속…… 그러니까, 자택 경비원이라고 할까…… 집에 있는 시간이 길었다 보니까……."

소위 말하는 『은둔형 외톨이』를 약간 순하게 표현해서 얼버무리려고 드는 나.

"그럼…… 저랑 같이 있을 때도?"

시노 양이 몸을 약간 앞으로 내밀면서 물었다.

"뭐……?"

아니, 저기요. 그러니까―― 너무 가깝거든요 시노 양.

"저도 오토와 양이랑 같은 여성인데…… 긴장, 되나요?"

"어, 아, 으으……."

창피하게도 입에서 말이 나오질 않는다.

뭐지 이 상황. 뭐라고 대답하면 되지?

"저기, 히로아키 씨?"

시노 양이 내 눈을 똑바로 보면서 말했다.

"뭐, 뭔가요, 시노 양."

"오토와 양은 『오토와』고, 저는 『시노 양』이잖아요?"

순간, 오토와 양이 무슨 말을 하는지 이해하지 못했다.

아…… 그래…… 호칭 말이지, 『양』을 붙여서 부르는.

오토와는 뭐라고 할까, 그쪽이 먼저 나한테 반말을 했으니까 나도 그렇게 말하는 게 당연한 일이 됐다. 오토와도 전혀 신경 쓰지 않는 것 같고.

하지만 10대 남녀가 서로의 이름을 편하게 부른다는 건, 뭐, 그러니까, 여러모로 오해해도 당연한 일인 것 같네.

"전에도 말했는데 말이죠. 저도 시노라고 불러주시면 안 될까요"

"뭐? 아니, 그치만."

"제가…… 그러니까…… 히로아키 씨랑, 오토와 양보다 오래전부터 알고 지낸 사이잖아요?"

"그건 그렇긴── 한데."

뭔가 규방 아가씨 그대로인 사람을 함부로 부르는 건, 왠지 부담이 되고── 솔직히 용기가 필요하다.

"이건 불공평해요."

"아니, 공평이라든지 불공평이라든지 그런 얘기가……."

"같이 게임 할 때는 자연스럽게 이름으로 부른 사이잖아요?"

"아니, 그건──…… 그나저나 시노 양은 그러니까, 총이라든지 차라든지, 은인이니까……."

"오토와 양도 은인이라고 하지 않았던가요?"

"……했죠. 예."

"그렇다면 조건은 똑같…… 죠?"

아니, 조건이라니. 하고 싶은 말은 알겠는데──

"하지만 시노 양도 날 씨라고 부르잖아."

"그렇군요. 그럼 저도 『히로아키』라고."

아니아니저기저기. 잠깐만. 뭔가 엄청 창피한데——

“그러니까 부디, 저도 『시노』라고 편하게 불러주세요.”

그렇게 말하면서 더 쭈욱, 하고 몸을 내미는 시노 양.

너, 너무 가깝다고! 뭔가 좋은 향기도 나고!

“아, 알았어! 알았으니까, 그렇게 부를게. 양 빼고——코사하나.”

“오토와 양처럼 성 말고 이름으로 불러주세요.”

“……시, 시, 시노 야…….”

“시노!”

“시노! 시노!”

왜 두 번이나 부르는 거냐고.

이젠 뭐가 뭔지 하나도 모르겠다. 하지만 뭐, 호칭 하나로 좋아해 준다면 내 창피함 따위는 아무래도 좋으니까. 익숙해질 때까지 참으면 되는 거야. 갑자기 내가 아가씨를 부르는 호칭이 달라지면 우에무라 씨가 어떤 반응을 보일지 조금 무섭기도 하지만.

“예, 히로아키. 앞으로는 절 그렇게 불러주셔야 해요?”

그렇게 말하고 빙긋 웃는 시노 야—— 시노.

“으, 응. 알았어, 시노 야——.”

“…….”

“——시노.”

“예.”

왠지 유난히 기쁜 얼굴로 고개를 끄덕이는 시노.

그러는 사이에 밥이 다 됐고, 우리는 반찬을 준비하기 시작했다.

코사하나 저택에서 가지고 나온 재료를 이용해서 일단 포토푀 같은 뭔가를. 양배추는 없지만 오래 가는 당근과 감자가 조금 남아 있었다. 고기는 베이컨으로. 이쪽은 일단 조미료를 적당히 퍼붓고 익히기만 하면 되니까 간단하다. 불을 조금 세게 해서 끓였더니 금세 맛있는 냄새가 감돌기 시작했다.

"이러고 있으니까 아버지와 테츠코 씨랑 같이 캠핑 갔던 생각이 나네요."

추억을 떠올리는지 그윽한 표정을 짓는 시노.

"아── 그래, 응."

아직까지 아버지 생각을 하고 있는 걸까── 하고, 잠깐 걱정이 됐지만.

"괜찮아요. 히로아키 덕분이에요."

내 속내를 읽기라도 한 것처럼, 시노가 미소를 지어줬다.

"아버지 일은 제 마음속에서 확실하게 정리했어요. 거친 방법이기는 했지만, 정말로 히로아키 덕분이에요. 고마워요."

"아니, 뭐, 무슨 말을."

뭐, 지금 생각해보면 너무 억지였다는 생각도 든다.

하지만 결과가 좋으면 다 좋은 거니까.

그 뒤로── 우리는 잠시, 나란히 부글부글 소리를 내면서 끓는 냄비를 바라보고 있었는데.

"여기다 뭔가 더 곁들일── 어머나?"

"응? 무슨 소리지?"

우리는 얼굴을 마주 봤다.

떨그렁떨그렁, 금속제의 물건이 굴러가는 소리가 났다. 게다가 그것은 멀리서부터 점점 가까워졌고── 첨벙, 하는 물소리가. 뭔가가 강에 빠졌나.

뭐지? 뭔가가 강을 건너서 우리 쪽으로 오고 있나?

"──시노."

"예."

우거진 잡초 때문에 앉아 있는 상태에서는 소리의 주인을 확인할 수가 없다

만에 하나의 경우에 대비해서 우리는 일어나지 않고── 하지만 무릎을 꿇고 발밑에 있던 총을 집어 들고서, 숨죽인 채로 상황을 지켜봤다.

이미 섬에 올라왔는지 물소리가 그쳤고, 떨그렁 소리가 더 가까이 다가오고 있다.

"……."

나는 〈라이트 웨이트 스토커〉를 견착하고 장전 손잡이에 손을 얹었다.

시노도 M700을 들고는, 마찬가지로 장전 손잡이에 손을 얹은 게 보였다.

양쪽 모두 폭발할지도 모른다는 이유로 약실에 탄약을

장전하지는 않았다. 하지만 우수한 사수는 말 그대로 순식간에 장전하고 사격할 수 있다. 아슬아슬한 순간까지 기다리는 것은, 자신 이외의 무언가가 내는 소리에 좀비가 반응할지도 모른다고 경계하기 때문이다.

그렇게 조금 더 기다렸더니——

"——어?"

불쑥, 잡초를 가르면서 나타난 것은 세상에, 옆으로 누워서 굴러오는 드럼통이었다.

"뭐, 뭐야?!"

"드럼통……?"

멍하니 있는 우리 앞에, 드럼통 너머에서 오토와의 얼굴이 쑤욱하고 나타났다.

"다녀왔어."

"그, 그래, 어서 와—— 가 아니라! 뭐야 이게?"

"드럼통. 몰라?"

"아니, 그런 뜻이 아니라."

갑자기 무슨 짓이냐고. 그렇게 물으려고 했지만—— 드럼통 뒤에서 나타난 오토와의 목 아래쪽을 보고서 말문이 막혔다.

"뭐, 뭐야, 너, 왜, 왜 그렇게 흠뻑 젖은 거야?!"

아니, 젖은 건 강을 건넜으니까 당연한 일이지만.

오토와는 어깨부터 발끝까지 물에 빠진 생쥐 꼴이고——게다가 젖은 옷이 몸에 달라붙어서, 다 비치고 있다. 그야말로 몸의 라인이 다 드러나는 정도가 아니라, 속옷 디자인까지 확실하게――『이래도 모르겠냐!』 수준으로.

"강에 빠졌어."

오토와는 자신의 모습을 전혀 개의치 않는다는 투로 그렇게 말했다.

"저, 저기 오토와 양, 이 드럼통은 대체……?"

"주웠어."

"왜?! 이렇게 큰 걸 어디다 쓰려고? 무엇보다 차에 실을 수도 없잖아?"

"일회용. 가지고 가지 않아."

그렇게 말하고, 오토와는 옆으로 눕혀왔던 드럼통을 세웠다

그리고는――

"시노 양."

"아, 예?"

찌걱찌걱, 신발에서 물소리를 내며 시노에게 다가간 오토와는―― 덥석, 하고 어깨를 붙잡고서 말했다.

"벗어."

"예?!"

●

"――그래서, 또 날 이렇게 막 부려먹는다는 거야?"

타오르는 불길을 향해, 나는 연료인 마른 풀을 계속 던져 넣고 있었다.

마른 풀이라고 해도 제대로 베어서 건조한 풀도 아니고, 이 섬에 있던 풀이다보니 비교적 습도가 높은 곳에 있던 것들이라서…… 태웠더니 연기도 잔뜩 나고, 그 연기 때문에 눈이 엄청 따갑다. 힘들다.

하지만 나는 고개를 들 수가 없다.

이것도 강가에서 구해왔다는 것 같은 U자 모양…… 콘크리트로 만든 통 같은 그것 위에 드럼통을 얹어서 만든 즉석 욕조에는, 오토와와 시노가 사이좋게 어깨까지 몸을 담그고 있기 때문이다.

물론 수영복 같은 물건은 없다보니 두 사람 모두 알몸으로.

"저, 저기요 오토와 양……."

그렇게 말하는 시노의 목소리에는 약간의 당혹감이 느껴진다. 뭐, 당연한 일이지만.

"왜?"

"아, 아뇨, 그게…… 무, 물 온도가, 좋네요."

"그렇대, 히로아키."

"그것참 잘됐네!"

반쯤 될 대로 되라는 심정으로 소리치는 나.

하지만── 아무리 캠핑 같다고 해도 말이야, 갑자기 드럼통으로 욕조를 만들 줄은 몰랐다고. 뭐, 이 강은 물이 깨끗한 것 같으니까, 물이 풍부한 곳에서 몸을 깨끗이 씻는 건 좋은 생각이겠지. 단순하게 위생적인 측면도 있지만, 체취가 많이 나면 좀비한테 감지당할 가능성도 커지니까.

"저기…… 왜 저도 목욕을? 오토와 양 혼자만 해도 되는 게 아닌가요……."

"오히려 내가 덤."

오토와가 그렇게 말했다.

"시노 양이 혼자서 벗는 걸 싫어해서, 같이 벗었다."

"그, 그건, 히로아키 씨── 히로아키가."

초조한 기운이 섞인 시노의 목소리가, 연기 너머에서 날아왔다.

참고로 두 사람이 옷을 벗는 동안, 나는 다른 곳을 보고 있어야 했다.

"분명히 히로아키는 변태."

"야, 얼렁뚱땅 무슨 소리를 하는 거야?!"

"살아 있는 증거네 뭐네 하면서, 여자애한테 부풀어 오른 사타구니를 보여주는 취미가."

"그건 네가 벗으라고 해서 그런 거잖아! 그리고 그건 처음에만 그랬고!"

나도 모르게 소리를 지르면서 고개를 들 뻔했지만, 당황해서 두 손으로 내 얼굴을 가렸다.

"처음에만, 이라니…… 그럼, 몇 번이나?"

아니, 시노도 거기에 반응하지 말고.

"이미 서로의 몸을 확인했어. 몇 번이나."
"그러니까, 그렇게 오해를 사는 말은——."
"필요한 일이었어. 어쩔 수 없었어. 그래서—— 나는."
오토와는 평소와 똑같이 담담한 말투지만, 이게 또 『감정을 억누르고 고백하는』 것처럼 들려서 더 귀찮다.
"세상에. 히로아키가……."
"좀비한테 물리거나 긁힌 상처가 없는지 점검했을 뿐이라고!!"
엄청난 기세로 누명을 뒤집어쓸 것 같은 분위기라서, 큰 소리로 그렇게 말했다.
"솔직히 벗으라고 한 건 오토와 너잖아! 난 이상한 짓은 하나도 안 했어!"
"이상한 짓? 이상한 짓이 뭔데?"
오토와가 그렇게 물었다.
원래 맹한 구석이 있긴 했는데…… 이 자식, 일부러 저러는 건 아니겠지.
"히로아키가 변태인지 아닌지는 둘째 치고. 시노 양, 아주 조금이지만 좀비 체액이 묻었던 것 같으니까. 좀비가 다가오는 걸 막는다는 의미에서, 체취도 최대한 없애는 게 좋아. 그래서 여기서 목욕해두는 게 정답."
"하아…… 고, 고맙습니다."
"그나저나, 시노 양."
아주 조금이지만—— 아마도 내가 아니면 못 알아들을

정도지만, 오토와의 목소리가 달라졌다.

"가슴이 커……."

"꺅?! 저, 저기요 오토와 양, 무슨…… 아흥! 그, 그렇게 만지면."

"야, 잠깐만, 오토와 인마?!"

남의 머리 위에서 무슨 짓을 하는 거야?!

나도 끼워—— 아니, 그게 아니라! 그렇게 내가 곤혹스러워하고 있는데.

"그, 그러는 오토와 양도!"

아무래도 시노가 반격에 나선 것 같다.

"꽤 몸매가 좋아서, 여기라든지, 여기라든지!"

"——하응?! 시…… 시노 양, 대담해……!"

"아, 아니?! 그, 그런 생각이……!"

어? 뭐야? 어떻게 된 거야?

알고 싶다, 무지무지 알고 싶다, 일어나서 빤히 보고 싶다.

하지만 경솔한 짓을 하면 드럼통 가장자리에 걸어놓은 삽으로 얻어맞을 것 같으니까, 이성을 총동원해서 계속 가만히 앉아있었다

좁은 드럼통 욕조 안에서 미소녀 둘이 뭘 했을까.

상상하면 할수록 쓸데없이 더 흥분된다.

아아, 코피 터질 것 같다. 큰일 났다. 연기를 마셔서 그런지 머리가 어지럽다. 여기서 내가 쓰러지면 큰일 나겠

지. 큰일 날 거야. 그러니까 어떻게든 해야겠어. 안 보고 상상을 하니까 끝도 없이 폭주하는 거야. 지금은 오히려 한 번 슬쩍 보면 가라앉을 거야. 그래, 그렇게 하자.

이상, 이론 무장 완료.

그리고 마침 나는 주머니에 콤팩트를── 작은 접이식 거울이 달린 물건이다. 물론, 실내 전투에 대비하는 병사의 필수품이다.

이걸로 일단, 슬쩍── 슬쩍만 볼 거니까.

누구한테 말하는 건지도 모를 변명을 하면서, 슬쩍 거울을──

"……."

들어 올리려던 손을 덥석, 붙잡았다.

"어……?"

옆에서 내 오른손 손목을 거머쥔 사람은…… 어느새 다가온 건지, 우에무라 씨였다.

"……."

우에무라 씨가 천천히── 『안 됩니다 히로아키 님』이라고 말하는 것처럼 고개를 저었다.

아니, 저기. 알았으니까 이 손 놔주세요. 무지 아프거든요. 여자의 가는 팔에, 어디서 이런 힘이 나오는 거냐고.

그리고──

"……히로아키."

내 이름을 부르는 소리에, 반사적으로 위를 쳐다보고만 나.

그랬더니 거기에는 수건을 걸어놓은 드럼통 욕조 테두리에 기대서 이쪽을 내려다보는 오토와, 그리고 시노의 얼굴이 있었다.

"역시 변태……."

"히로아키――."

"아, 아니, 이건……."

툭, 우에무라 씨한테 붙잡혀 있는 내 오른손에서 거울이 떨어졌고.

아아, 진짜로 변명할 여지가 없는 상태가 됐잖아……?!

"자, 잠깐만 오토와! 이건 그냥 순간적으로 그랬던 것뿐이고 말이야……!"

"말은 필요 없어."

"으아뜨뜨뜨뜨뜨뜨뜨!"

그렇게 해서, 나는 오토와가 삽으로 퍼서 뿌린 물을 뒤집어썼다.

●

어찌어찌해서―― 목욕과 점심 식사를 마치고.

우리는 차 후드 위에 주변 지도를 펼쳐놓고 앞으로 어디로 갈지에 대해서 상담했다.

일단은 교외를 향해서 이동하고 있는데, 이미 이 주변에는 자연이 많고 시가지에서는 벗어난 곳이다. 도로를 따라서 있는 건물들은 단층 주택이 많고, 가끔씩 무슨 창고나 시설 같은 건물들이 보이는 정도다.

좀비 참사도 어느 정도 진정이 됐는지…… 그다지 많이 보이지 않는다. 물론 민가가 있는 이상 거기에 사람이 살았다는 건 틀림없으니까 방심은 금물이지만. 어쩌면 집 안쪽에 『잠자는 좀비』가 돼 있을지도 모른다.

어쨌거나——

"저기, 오토와. 이 근처에 숨어 있으면 안 될까?"

나는 다시 한번 섬 주위를 둘러보면서 말했다.

나는 오히려 이 장소가 이상적이라고 생각했다. 물도 풍부하고 마음만 먹으면 바로 벤츠 G클래스를 타고 도로로 나갈 수도 있다. 조금 전에 강에 물고기가 있는 것도 봤다. 그걸 잡을 수만 있으면 보존식량 소비도 줄일 수 있지 않을까.

"안 돼."

"어째서? 이 주변에 뭐가 문제인데?"

"……여기."

오토와가 가리킨 곳은 강 하류에 있는 커다란 시설이었다.

그곳은——

"원자력 발전소……."

"그렇군요. 오토와 님이 걱정하시는 건 노심 용해인가요."

우에무라가 감탄해서 고개를 끄덕였다.

"최근에 여기저기서 재가동하기 시작했으니까. 여기 원자로가 재가동했는지 아닌지는 모르겠지만."

최근 20년 가까이, 일본의 원자력 발전소는 대부분 정지 상태였다.

태양광 발전 패널이나 관련 설비들의 가격이 싸진데다, 전력을 서로 나누는 스마트 전력 그리드도 발달했기 때문에 기존의 화력발전소를 병용하는 정도로 어떻게든 충족할 수 있다는 배경 덕분이다.

하지만 최근 4, 5년 동안에 겨우 기나긴 불황을 벗어난 일본은, 다시 번영의 시대를 손에 넣으려고 각종 산업——특히 정밀기기 제조를 충실하게 하는데 힘을 쏟는 것을 국책사업으로 삼았다. 그리고 그것을 위해 필요한 발전량이 매년 상상할 거라는 계산도 나왔다.

그 결과…… 우리가 태어나기 조금 전에 줄지어서 정지했던 원자력 발전소의 재가동 실험이 여기저기서 시작됐다. 핵에너지의 위험성을 호소하는 사람들도 당연히 어느 정도 있었지만, 불황을 벗어난다는 대의명분 앞에, 그들의 목소리는 주류가 되지 못했다. 뭐 그 문제는 그렇다 치고——

"직원도 좀비가 됐을 테니까……."

원자력 발전소는 상당한 부분이 자동화됐을 테고, 좀비들은 생전에 되풀이했던 작업을— 일을 죽은 뒤에도 계속

하는 경향이 있으니까, 지금 당장 어떻게 되지는 않을 지도 모른다. 하지만 제대로 된 정비를 하지 않으면, 언젠가는 노심 융해가 일어나게 되겠지.

"최소한 원자력 발전소에서 반경 80킬로미터는 떨어지는 게 좋아."

오토와는 지도 위에서 손가락을 움직였다.

"그렇게 되면 이 주변은 안 돼."

분명히 지금 우리가 있는 곳은 오토와가 크게 그린 원 안쪽—— 원자력 발전소에서 반경 80킬로미터 이내에 들어가 있다.

"그렇게 되면 상당히 벽지까지 이동해야 하지 않겠습니까?"

우에무라 씨가 팔짱을 끼며 말했다.

"그러니까—— 무인도라든지?"

그렇게 말한 건 시노다.

무인도…… 하긴, 이 하중도(下中島)가 안전한 걸 보면, 무인도도 상당히 매력적인 선택지 중에 하나다. 하지만 그 경우—— 우리가 거기서 나오기가 힘들어진다. 식량이나 생필품이 떨어졌다고 가볍게 쇼핑센터나 홈센터에 갈 수도 없으니까.

"배가 필요하겠네. 아무래도 고무보트나 뗏목을 타고 갈 수도 없고."

하지만 인류가 거의 멸망할 정도의 좀비 참사 속에서 과연 쓸 만 한 배가 얼마나 남아 있고, 얼마나 부두나 얕은 바다에 매여져 있을까.

지난번에 총기가 들어 있는 컨테이너를 회수했을 때도, 항구에 괜찮아 보이는 선박은 하나도 남아 있지 않았다. 부서졌거나, 우리가 어떻게 할 상태가 없을 만큼 커다랗거나.

"그리고 헤엄치는 좀비가 있을지도 모르잖아?"

일단 지금까지는 마주치지 않았지만. 앞으로도 없다는 보장은 없다.

"그건 당연하지. 하지만 헤엄치는 좀비는 없을지도 몰라."

해석 차이, 설정 차이에 의해 능력이 달라지는 창작물 속의 좀비와 달라서, 지금 우리는 위협하는 움직이는 시체들은, 그렇게 감독이나 각본의 편의에 따라서 능력이 달라지지 않는다. 좀비가 헤엄치지 못한다는 것만 확인하면, 무인도 피난은 선택지 중에서도 상위로 올라갈 가능성이 있다

"그나저나, 잠깐만── 애당초 좀비가 헤엄칠 수 없다면, 낙도 같은 곳에는 사람이 살아남았을 가능성도 있지 않을까?"

"그것도 그렇군요."

우에무라 씨는 고개를 끄덕였지만──

"이번 좀비 발생은 세계 각지에서 거의 동시."

오토와가 말했다.

"원인은 불명이지만 미국, 아프리카, 중국, 유럽, 호주,

어디나 거의 같은 시기에. 일본 같은 섬나라에서도 좀비가 발생했어. 그것도 여러 곳에서, 낙도가 무사하다는 보장은 없어."

"……."

우리는 얼굴을 마주봤다. 듣고 보니 맞는 말이다.

그렇지 않았다면 일주일이나 열흘 만에 거의 전 세계가 괴멸적인 타격을 입지는 않았겠지.

하지만──

"……그나저나, 애당초 이번 좀비 발생이 바이러스나 박테리아에 의한 것이라고 해도 말이야. 어째서 이렇게 세계 각지에서 일제히 발생했지?"

전염병도 이렇게까지 전 세계에서 동시다발적으로 발생하지는 않는다.

신종 질병을, 뭔가 세계적으로 이동하는 매체가 뿌렸다든지?

하지만 신종 질병? 지금까지 전혀 알지도 못했던 그런 질병이, 인위적인지 아닌지는 둘째 치고, 그렇게 간단히 전 세계에 퍼질 수 있는 걸까? 그렇게 흉악한 전염력을 지닌 걸까? 그렇다면 이미 우리도 감염됐어야 하는 게 아닌가?

지금까지 그다지 깊이 생각하지 않았는데.

이게 정말로──『질병』일까? 어쩌면 테러로 뿌린 게 아닐까? 또는──

"……."

우리들 사이에 침묵이 찾아왔다.
마침내——
"어쨌거나, 최종적으로는 무인도로 도망치는 것도 후보 중에 하나로 고려해야 해"
이야기를 일단 정리하자는 것처럼, 오토와가 그렇게 말하고 팔짱을 꼈다.

●

해 질 무렵—— 우리는 그대로 섬에 머물고, 여기서 야영하기로 했다.
일단 우에무라 씨와 시노는 차 안에서 쉬게 하고, 나와 오토와가 감시하기로 했다. 6시간 정도로 교대하고, 그 뒤에 동이 트면 다시 안전한 곳을 찾아서 이동할 예정이었다.
"그나저나, 정말 이 근처는 좀비가 거의 없네."
나는 우에무라 씨한테 빌린 쌍안경으로 주위를 둘러보면서 말했다.
수상한 것을 발견하면 라이플을 들고 스코프로 봤지만 —— 대부분 잘못 봤거나 아니면 거리가 상당히 멀어서 이쪽으로 올 가능성이 거의 없어 보였다.
"……응. 좀비가 적어."
"왜 그렇게 불만인데."

"방심은 금물."

"나도 알아."

도를 넘은 좀비 마니아이기는 해도, 오토와 덕분에 지금까지 살아남은 건 사실이다. 오토와의 말에는 얌전히 따라야겠지.

"그러고 보니까 말이야…… 오토와."

계속 주위를 쌍안경으로 둘러보면서 말했다.

"응? 뭔데?"

"아…… 그러니까, 뭐랄까, 지금까지 정신이 없어서 말을 못 했었는데 말이야?"

"……뭘?"

"그냥, 그러니까, 전혀 생각도 안 했던 건 아닌데 말이야. 그러니까, 그게—— 뭐랄까, 기회가 없었다고 할까."

"……그래서…… 뭐?"

오토와의 목소리에 약간 곤혹스러운 기색이 섞였다.

"그게, 그러니까, 뭐냐, 고맙다고."

"……뭐?"

깜짝 놀란 느낌의—— 평소의 무표정한 얼굴이 약간, 놀라서 풀어지는 모습이 어렴풋이 머릿속에 그려질 것 같은 목소리가, 내 등 뒤에서 들려왔다. 시선은 쌍안경을 통해서 저 멀리를 보는 채로.

오토와 얼굴을 보면서는 죽어도 못 할 말이니까.

"내가 이러고 있는 것도, 그때, 오토와가 도와준 덕분이잖아."

뭐, 처음에는 삽에 맞아서 죽을 뻔했었지만. 중간에도—— 신체검사 때라든지, 몇 번인가 삽을 들이대기는 했지만.

그건 그렇다 치고, 내가 몇 번이나 오토와한테 도움을 받은 건 틀림없으니까.

코사하나 저택에서도 오토와가 달려와 주지 않았다면, 시노의 저격이 성공했어도 난 틀림없이 좀비의 먹이가 됐겠지. 그리고 시노가 아버지 다음으로 내 머리를 날려버렸을 테고.

"오토와의 좀비에 대한 지식이라고 할까, 행동력이라고 해야 하나? 아니, 전부 중요하지만 말이야, 오토와는 그걸 둘 다 겸비했고…… 그래서, 그…… 그 둘이 있으니까…… 아니, 그게 다가 아닌가."

아아. 왠지 말이 잘 안 나오네. 뭐라고 해야 전해질까……?

어딘가에 오토와 정도 지식을 가진 녀석도 있었겠지.

오토와보다 뛰어난 행동력을 가진 녀석도 있었을 거야.

어쩌면 오토와처럼 두 가지를 다 가진 녀석도 있었을지도 모른다.

하지만——

"오토와가 좀비 마니아라서, 다행이야."

"…………뭐?"

"뭐랄까, 이상하게 절망에 빠지지 않게 되거든."

"……."

오토와는 정말 질려버릴 정도로── 이 상황이 돼서도 좀비 마니아로서 이 상황을 즐기고 있는 구석이 있다. 현실에서 좀비와 마주치고 그 위협 때문에 몇 번이나 죽을 뻔했는데, 『이젠 지긋지긋해』라든지 『이런 게 아닌데』 같은 소리를 한 번도 한 적이 없다.

원래 성격 때문인지 쓸데없이 좋아하고 깔깔 웃어대지는 않지만── 오히려 오토와는 신이 나서 상황에 대처해나간다. 기다렸다. 나는 이날을 위해서 살아왔다는 것처럼.

그런 오토와의 모습에 나는── 그리고 아마도 시노나우에무라 씨도, 구원받는 부분이 있을 것이다. 이미 우리는 명확한 희망 따위는 없는데도, 비참한 기분이나 절망감에 짓눌리기는커녕, 되레 캠핑 기분으로 야영까지 하고 있다.

이건 정말 고마운 일이다.

"정말, 고미워, 오토와."

"……뭘, 이런 걸 가지고."

오오, 쌀쌀맞으시네. 기껏 남이 창피한 걸 무릅쓰고, 용기 같은 것까지 짜내서 고맙다고 했는데. 뭐, 오토와답다면 답지만.

그리고──

"……나 말이야."

잠시 침묵한 뒤에, 문득 생각이 났다는 듯이…… 오토와가 말했다.

"계속…… 뭔가 위화감 같은 걸, 느꼈어."

"위화감?"

"세상에, 적응하지 못한다고 할까. 내가 이상하다는 자각은 했어. 가족한테도, 학교 친구들한테도, 이상하다고, 넌 이상하다는 말을 많이 들었어. 아무리 호러를 좋아해도, 도가 지나치다고."

"뭐…… 그런 소리 하는 사람 있지. 무책임하게."

자기가 알기 쉬운 평균적 기준을『절대로 옳은』어떤 기준선으로 설정하고, 거기서 벗어난 사람을 괴롭히는 놈들. 나도 그런 놈들한테 이상하네 어쩌네 하는 소리를 실컷 들었으니까.

"그래서 기뻤다고 할까, 세상이 좀비로 가득 찬 걸 보고, 내 지식을 현실에서 활용할 수 있다, 내 시대가 왔다고, 신이 나서…… 하지만, 그건 한마디로, 내가 이상하다는 사실의 증명이기도…… 했고."

"……그럴지도."

마음속에 어중간하게 남아 있는 이성이나 상식이 다른 사람 대신에 자신을 괴롭힌다.

넌 역시 이상하다고——.

그리고『그게 어쨌는데』라고 정색하지도 못하고 말이야. 항상 머릿속 한구석에서 자기 자신에 대한 의문이나 주위에 대한 죄악감이 자리 잡고 있다.

그게 정말, 너무나—— 피곤하게 만든다.

"그래서, 뭐라고 할까, 히로아키……."

오토와는 망설이는 것처럼, 거기서 잠깐 말을 멈췄다.
변함없이 흐르는 강물 소리가 우리들 사이를 지나간다.
"나도, 고마워."
"……뭐?"
"이런 나한테, 고맙다고 해줘서, 고마워."
아. 뭐라고 할까…… 알겠다. 알 것 같은 기분이 든다.
"그리고, 나도 몇 번이나 도움을 받았어. 그래서 그것도, 고마워."
"아…… 응, 뭘 그런 걸 가지고."
"응. 하지만 정말로── 히로아키가 없었다면, 지금, 난 이렇게 있지 못했을 테니까. 총 지식도, 사격 기술도, 군대 지식도, 그리고 순간적인 대처도, 히로아키는 대단하니까."
"그…… 그런가."
FPS에서 키워온 지식이나 기술 같은 것들이라면 뭐 대충 이해하겠는데, 순간적인 대처라는 말이 나올 줄은 몰랐다. 어쩌면 그것도 FPS에서 이런저런 극단적인 상황 속에서 계속 어떻게 행동할지 선택해온 결과일지도 모르지만.
"난 시노 양을 설득하지 못했어. 정말 대단하다고 생각해. 좀 억지를 부리고 무모하고 엄청 엉큼하지만……."
"저기, 엉큼하다는 건 좀 빼줄래?!"
그냥 깔끔하게 『대단하다고 생각해』로 마무리해달라고!
"아까 우리 목욕할 때 엿보려고 했어."
"윽, 그건──."

뭐, 사실이기는 하지만. 그치만 말이야, 나도 남자라고!

……그런 변명을 해봤자 『재수 없어』라는 한마디로 무시해버릴 것 같으니까 그냥 가만히 있자.

"하지만, 그런 점까지 포함해서…… 나도, 히로아키랑 만나서, 다행이라고 생각해."

응? 그건 또 무슨 소리야?

엉큼해도 좋다는 뜻인가? 아니면——

"뭐, 그러니까, 그거네. 서로 만나서 다행이라는 뜻이네."

"응."

등 뒤에서 오토와가 고개를 끄덕이는 기척이 느껴진다. 쌍안경이 있어서 다행이다. 정말이지, 이런 상황에서는 창피해서 얼굴을 볼 수도 없으니——………… 까?

"왜 그래?"

뭔가 이상한 분위기를 민감하게 알아차렸는지, 오토와가 나한테 물었다.

"아니…… 저쪽 건물 옥상에서…… 뭔가 움직인 것 같아서……."

나는 쌍안경을 내리고, 고배율 스코프로 다시 한번 확인했다.

그것은 강가에 드문드문 있는 건물 중의 하나였다.

민가가 아니라, 무슨 시설 같은데—— 콘크리트 건물이고, 위로도 옆으로도 꽤 크다. 1층이랑 2층에는 창문이 거의 없는 걸 보면 공장이려나, 아니면 무슨 연구 시설일까.

"좀비?"

왠지 기뻐하는 것처럼 묻는 오토와.

아니, 저기요, 좀비 마니아인 건 좋지만, 돌격은 하지 마라?

"그럴지도 모르—— 겠지만."

아주 잠깐이라서 자세히 확인하지는 못했지만, 뭔가 움직임이 좀비하고 다른 것 같은데.

나는 스코프의 배율을 조정해서, 더 자세히 응시——

"——아."

나도 모르게 숨이 턱 막혔다.

"어때? 좀비 맞아?"

"그게, 아냐…… 생존자 같아."

스코프 속의 동그란 시야.

그 안에 비친 것은…… 휠체어에 탄, 여자아이였다.

●

카츠라 시이코는 고민하고 있었다.

어떻게 해야 이 귀찮은 낙하 방지 담장 너머로 갈 수 있을까.

사실 문제의 낙하 방지 담장은 그렇게 높은 것도 아니다. 이 연구소 옥상은 원래 사람이 올라오는 것을 생각하지도 않았다. 어디까지나 태양광 발전 패널을 설치할 때, 유지 보수하는 사람이 작업할 때, 최소한의 안전을 확보하기 위해서 같이 설치한 것이다. 건장한 어른이라면 아무 문제도 없이 넘어갈 수 있다.

하지만 시이코에게는 상당히 곤란한 작업이었다.

어릴 때부터 계속 휠체어를 타고 살았고…… 걷는 건 고사하고 자기 다리로 똑바로 설 수도 없다. 높이 1미터가 넘는 철책 꼭대기는, 휠체어에 타고 있는 그녀의 눈높이보다 훨씬 위에 있었다.

"……다리가 안 돼도…… 나한테는, 아직 손이 있어……."

시이코는 자신에게 그렇게 말하면서 휠체어를 철책 옆에 대고, 오른손으로 철책을 잡아서 자기 몸을 들었다. 이어서 왼손도 철책을 잡고, 온몸으로 매달렸다.

"괜찮아, 괜찮아. 난 할 수 있어. 할 수 있으니까…… 봐, 됐잖아."

손이 아플 정도로 철책을 꽉 쥐고, 시이코는 마치 맨손 등반이라도 하는 것처럼 천천히 위로 올라갔다

간신히 턱이 철책 끝에 닿았고, 심호흡.

그 뒤로 또, 두 손을 써서 상반신을 철책 너머로 내밀고

———

'조금만 더…… 할 수 있어…… 할 수 있을 거야……. 계속 그래왔으니까…….'

그다음엔 떨어지기만 하면 된다.

'마지막에도…… 나 혼자서……!'

이제 조금. 조금만 더.

시이코는 그대로 자기 몸을 허공으로 던지기 위해――
"이봐, 거기…… 그만둬!"
"…………?!"
옆 건물에서 들려온 젊은 남자의 목소리에―― 시이코는 깜짝 놀라서 고개를 들었다.
"뭐, 뭐야……?!"
연구소는 같은 부지 안에 여러 개의 건물이 밀집돼서 세워져 있다.
시이코가 있는 제2연구동 옆―― 사무동 옥상에, 여러 명의 남녀가 보였다.
"바보 같은 짓 하지 말고!"
남자가 그렇게 말하면서 철봉, 이 아니라 철제 못뽑이에 묶은 밧줄을 빙빙 돌리고, 던졌다. 그것은 깔끔한 포물선을 그리면서 시이코가 있는 옥상에 도달했고, 태양광 발전 패널의 받침대에 걸렸다.
"지금 그리로 갈 테니까!"
"…………."
시이코는 곤혹스러워 하면서도 자기 바로 옆에 걸려 있는 못뽑이와 밧줄을―― 그리고 줄을 타고 건너기 시작한 남녀를 봤다. 아무래도 10대의 젊은 남녀 두 사람인 것 같다. 이 상황 속에서 아직까지 살아남은 사람이 있다는 데도 놀랐지만, 그것이 시이코와 나이가 얼마 차이도 나지 않는 소년소녀라는 게 또 놀라웠다.

그들은 어디선가 도망쳐왔다. 여기까지.

그리고 어째선지 시이코의 자살을, 쓸데없이 말리려고

——

"뭐야………… 아?"

남자가 밧줄에서 떨어졌다.

"뜨아으아악?!"

——고 생각했더니, 일단은 생명줄이라고 할까, 안전책은 마련해뒀던 것 같다.

뭔가 고리 같은 것으로 자신의 옷과 밧줄을 연결해뒀던 것이다. 남자는 잠시 허공에 매달려서 버둥댔지만, 나중에 온 여자가 당겨줘서 복귀.

두 사람은 그대로 밧줄을 타고 제2연구동 옥상까지 왔다.

●

"으아 무서워!? 죽는 줄 알았네?!"

자기도 모르게 그런 우는 소리를 하고, 이번에야말로 떨어지지 않게 신중하게, 밧줄을 타고 나아갔다. 팔과 다리를 밧줄에 걸고, 마치 애벌레가 기어가는 것처럼 천천히.

"히로아키. 빨리 건너와."

하지만 비정하게도, 뒤에 있는 오토와가 재촉했다.

"말도 안 되는 소리 하지도 마! 넌 무섭지도 않냐?!"

"무서워. 그러니까, 빨리 가."
"아, 진짜, 왜 이렇게 됐는지……."
얼마 전에 우에무라 씨한테 배운 기술을 이용해서, 밧줄을 타고 빌딩 사이를 건너기로 한 것까지는 좋았는데…… 그것만 가지고는 의미가 없다. 실제로 그 밧줄 위를, 특수부대원처럼 건너려고 했더니 정말이지, 소변을 지릴 정도로 무서웠다.
조금 전에 떨어질 뻔했을 때, 잘도 안 지렸네. 장하다, 나.
그렇게 혼자서 칭찬을 하면서 마음을 진정시키려고 했는데――
"빨리 가. 흔들지 말고. 끊어질지도."
"담담하게 말하지 마?!"
영화 같은 것만 보면 은근히 쉽게 술술 이동할 수 있을 것 같지만, 말도 안 된다. 조금만 움직여도 엄청나게 흔들리고, 방심하면 180도 빙글 돌아서 코알라처럼 매달리는 꼴이 되지 않나. 일단은 카라비너로 바지 벨트와 밧줄을 연결해서 떨어지지 않게 조치를 하기는 했지만, 그래도 무서운 건 무서우니까.
"시끄러. 빨리 가."
"으악?! 밀지 마?!"
"그럼 빨리 가."
진짜 비정하네. 괜히 고맙다고 했어……!
그렇게 격하게 후회하면서, 그러면서도 오토와의 재촉

을 받으며, 필사적으로 밧줄을 타고 건너갔다.

중간에 두 번 더 손이랑 발이 미끄러져서 떨어질 뻔했지만, 카라비나 덕분에 땅바닥에 빨간 꽃을 피는 일은 벌어지지 않았다.

그리고——

"너 진짜, 저, 정말 무서웠다고!"

나는 카라비너를 풀고 일어나서, 당장이라도 낙하 방지 철책 밖으로 몸을 내밀고 투신자살하려는 소녀한테 그렇게 소리 질렀다.

"뭐…… 뭐야, 당신들?"

여전히 철책 위에 매달려 있는 소녀가 그렇게 물었다.

위태로운 자세로, 앞뒤로 힘없이 흔들리고 있다. 살짝 건드리기만 해도 그대로 거꾸로 떨어져버릴 것만 같았다.

원래는 상대를 최대한 자극하지 않고, 거리를 둔 채로 설득을 시도해야겠지. 하지만 너무 무서워서 되레 화가 난 나는, 노골적으로 경계심을 드러내고 있는 그녀에게 당당하게 걸어가서는 그, 공중에서 힘없이 흔들리는 발을, 갑자기 꽉 잡아버렸다.

"잠깐…… 뭐, 뭐야?! 아파, 아프다고, 이거 놔!"

상반신을 비틀며 외치는 소녀.

치맛자락이 올라가서 안에 있는 속옷이 훤히 보였다. 아. 파란색이랑 하얀색 줄무늬.

아니, 그런 걸 빤히 감상하고 있을 상황이 아니고.

소녀는 보기보다 악력이 센지, 낙하 방지 철책을 꽉 붙잡고 있어서, 어지간히 당겨서는 내려올 것 같지도 않았다.

"아파! 놔! 놓으라고——."

"그렇겐 안 되지! 오토와!"

"맡겨줘."

마찬가지로 밧줄을 타고 건너온 오토와가 등에 메고 있던 삽을 들고 달려왔다…… 잠깐만 오토와, 그 삽은 뭐야? 난 같이 이 여자애 발을 당기자고——

"——!"

갑자기—— 오토와가 삽으로 낙하 방지 철책을, 그것도 소녀가 잡고 있는 곳 바로 옆을 후려쳤다. 까앙, 하고 날카로운 금속의 비명이 울렸다.

다음 순간, 충격이 그대로 전해진 건지, 소녀는 짧은 신음소리를 내며 철책을 잡고 있던 손을 놓아버렸다. 갑자기 가벼워진 소녀의 발을 잡아당기면서 엉덩방아를 찧은 나. 거기에 소녀가 뛰어든 것은, 바로 다음 순간이었다.

오. 가벼운데.

"뭐 하는 거야, 당신들!"

내가 필사적으로 잡고 있는 동안에도, 소녀는 손을—— 팔만 버둥거리면서, 그러면서도 다리는 전혀 움직이지 않으면서 소리를 질러댔다.

"왜 날 방해하는 거야?! 그냥 내버려 둬, 나, 지금부터

죽——.”

“아야…… 잠깐…… 그만……! 아, 젠장, 뭐 하는 거야 너는?! 죽는다고 뭐가 해결되냐고?!”

내 머리카락을 움켜쥐고 소리치는 소녀를 설득하려고 했지만, 상대는 더더욱 흥분해서 소리를 질러댔다.

“내가 죽건 말건, 내 마음이잖아?!”

“그건 그럴 수도 있지만, 눈앞에서 자살하는 걸 목격하면 꿈자리가 사납단 말이야!”

안 그래도 좀비로 변해버린 가족들이 자주 꿈에 나온다. 나랑은 상관없다면서 소녀가 자살하는 걸 방치하고, 게다가 그 시체라도 보게 되면, 엄청나게 후회할 게 틀림없는데——.

“죽고 싶어?”

오토와가 의아하다는 것처럼 물었다.

“자, 잠깐만, 잠깐 기다리라고, 너, 무슨 짓을 하려는 거야?”

삽을 치켜드는 오토와한테, 소녀를 등 뒤쪽에서 감싸주며 소리를 질렀다.

“——보내주려고?”

“무슨 소리야, 지금 참수라도 하겠다는 거야?!”

“은근히 잘해.”

“나도 알아! 아니까 하지 마!”

오토와가 좀비 머리를 날려버리는 장면을 대체 몇 번이

나 봤는지.

"너도 뭔지는 모르겠지만, 일단 지금은 죽고 싶지 않다고 우겨, 안 그러면 이 자식이 진짜로 목을 날려버릴…… 어라?"

그러고 보니까── 갑자기 소녀가 얌전해진 것 같은데.

"이봐. 왜 그래?"

라고 물어봤지만, 소녀를 뒤쪽에서 안고 있는 탓에 고개를 숙인 소녀의 얼굴이 보이지 않았다. 그 대신──

"──자네."

오토와가 정면에서 소녀의 얼굴을 보고, 그렇게 말했다.

"잔다고? 아, 기절했나……?"

자살이라는 큰 결심을 했을 정도면, 나름대로 정신력이 소모됐겠지. 소녀는 뒤쪽에서 붙잡고 있는 나한테 고정된 채로── 기절한 것 같다.

"흐아아아……."

일단 한숨을 쉬고, 소녀와 같이 몸을 일으켰다. 거기에 ── 오토와가 소녀 것으로 보이는 휠체어를 밀고 왔다. 나는 소녀를 그 휠체어에 앉혔다.

"대체 뭐냐고, 얘는……?"

자세히 보니 꽤 귀엽게 생겼다.

얼굴이 동그스름해서 꽤 어리다는 인상이지만, 장래에 미인이 될 게 틀림없는…… 그런 느낌.

조금 전에, 어깨너머로 내 쪽을 보면서 소리치던 때는

새끼 고양이처럼 묘하게 눈꼬리가 올라간—— 기가 세 보이는 두 눈이 인상적이었다. 오토와하고도 시노하고도 다른, 뭐랄까…… 귀엽지만 엄청나게 오만불손하다고 할까, 건방진 느낌이다.

하지만 한편으로는 분명히, 자살하려고 했었는데.

"그나저나 이제 어떻게 하지?"

"어떻게? 뭘?"

"아니, 얘, 못 걷는 것 같은데……."

"그런 것 같아."

오토와가 휠체어를 보면서 고개를 끄덕였다.

"아무래도 줄타기로 휠체어를 나를 수는 없잖아. 그 전에 사람을 업고 넘어가는 것도 무리고. 이쪽 건물 봉쇄를 안쪽에서 해제할 수 있으면 좋겠는데."

우리는 너무 서두른 나머지, 시노와 우에무라 씨를 차에 남겨둔 채 이쪽으로 왔다.

여자아이가 지금 당장이라도 뛰어내릴 것 같아서, 두 사람을 깨울 시간도 아까웠기 때문이다. 그래서 나와 오토와는 황급히 여자아이가 있는 건물로 돌입했는데…… 1층에 있는 출입구가 전부 봉쇄된 탓에 도저히 안에 들어갈 수가 없었다.

그래서 어쩔 수 없이, 나와 오토와는 바깥쪽에 비상계단이 있던 옆 건물 옥상까지 뛰러 올라왔고, 거기서부터 밧줄을 타고 이쪽 옥상까지 왔는데…… 솔직히 말해서, 조금 더 생각을 하고 행동했어야 했다고 후회하고 있다.
"일단…… 안쪽을 조사하는 게 좋을 것 같아."
옥상 구석에 있는 펜트하우스 쪽을 보며, 오토와가 그렇게 제안했다.

●

——불행하게도 기억력은 좋은 편이었다
그래서 쓸데없는 일까지 기억하고 있다. 잊고 싶은데 잊을 수가 없다.
"시이코. 오늘부터 여기가 네 새로운 집이야."
어머니가 휠체어를 밀면서, 시이코를 하얗고 무기질적인 방 안으로 들여보냈다.
청결해 보이기는 하지만 마음이 놓이지 않을 것 같은 곳이었다. 가구라고는 벽 쪽에 옷장이 하나, 그 옆에 책상이 하나. 책상 위에는 컴퓨터 단말이 한 세트 있는데…… 방의 무기질적인 인상을 더욱 강조해주고 있었다.
"너는 여기서, 너만이 할 수 있는 일을 하는 거야."
어머니의 얼굴에 드리운 미소가, 왠지 억지로 지은 일그러진 표정 같았다는 걸 기억하고 있다.
"너는 특별한 존재. 그러니까 이 시설에서 열심히, 네 힘을 키워서, 세상에 도움이 돼줬으면 싶어. 알았지?"
설마 싫다고 하지는 않겠지? ——그렇게 못을 박는 것

같은 말투였다.

"엄마는?"

아무리 생각해도 이 방에서 두 사람이 살 수는 없다.

이 방은 가족이 모여서 사는 곳으로는 보이지 않았다. 하얗고 청결하고 온도 관리도 잘 될지도 모르겠지만—— 아마도, 이곳은 감옥이다.

"괜찮아. 언젠가 꼭 데리러 올 테니까. 알았지?"

——거짓말.

목구멍까지 치밀어 올라온 말을 삼키고, 시이코는 어머니를 계속 쳐다봤다.

그렇다. 시이코는 기억력이 좋다.

그래서 기억하고 있다. 어머니가 자신에게 뭐라고 말했는지, 토씨 하나 빠짐없이 기억하고 있다.

——쓸모없어. 내가 완전히 잘못 봤어. 이런 모자란 애는 더 이상 보고 싶지도 않아.

밤이면 밤마다, 어머니가 누군가와 전화 통화를 하면서 투덜대는 소리를, 시이코는 몇 번이나 들었다.

그 『모질이』가 자신을 가리키는 말이라는 것도 금세 이해했다

어머니한테 그런 말을 듣는 게 슬프고, 괴로워서…… 그리고 시이코는 그것이 자신이 나쁜 아이라서 그렇다고, 자

신을 탓했다. 조금이라도 착한 아이가 되려고, 어머니가 기뻐하게 하려고, 시이코는 계속 노력했다.

다리가 움직이지 않으니 보통 운동으로 좋은 아이가 될 수 없다. 그래서 일단 열심히 공부했고, 그 공부를 할 수 있는 좋은 머리를, 다행인지 불행인지 가지고 있었다.

월반을 거듭해서 대학을 졸업했고, 열 살에 이미 수백 장의 영문 논문을 작성해서 박사 학위를 따내고…… 어머니가 기뻐할 거라고 생각했다. 시이코한테는 아버지가 없었기 때문에, 그저 어머니만이…… 어머니가 기뻐하는지 아닌지 만이 모든 판단의 기준이었다.

하지만――

'정자 은행과 인공수정…… 돈과 시간과 수고를 들여서 만든 아이가 『모자란 애』였다면, 버리고 싶어질 만도 하지.'

자신이 부부의 사랑의 결정체로서 이 세상에 태어난 존재가 아니라는 것을, 시이코는 이미 알고 있었다. 어머니에게 시이코는 눈부신 인생을 보내기 위한 준비물로서 만들어낸 도구였을 뿐이다. 하지만 그것이 『불량품』이라는 걸 알고, 어머니는 크게 실망했다.

시이코는 태어났을 때부터 다리가 움직이지 않았다.

일단 감각은 있지만, 뇌의 운동 중추인지 뭔지에 문제가 있는 것 같아서, 어떻게 움직여야 하는지를 전혀 모른다. 시이코에게 다리는 머리카락과 같은 존재다. 거기에 있다는 건 이해하고 있지만, 그게 전부인 그런 존재.

아무리 머리가 좋아도 움직이지 못하는 딸을 필요 없다, 자신이 나이 들었을 때 간병도 못 하는 자식은 의미가 없다── 어머니는 그렇게 생각한 것 같다. 그런 자식을 고생하면서 키울 틈이 있으면 한 번 더『도전』해서, 이번에야말로 자신이 생각한 그대로의『작품』을 낳을 생각이겠지.

"여기는 좋은 곳이란다, 시이코. 이 노스리버 사는……."

"세계 최첨단 기술이 집결되는 꿈의 연구시설?"

그것은 이곳에 오기 전에 질릴 정도로 들은 선전 문고였다.

노스리버 사는 세계 각국에 지사를 둔 다국적 기업이고, 막대한 자본을 바탕으로 다양한 최첨단 기술을 개발하고 있는 꿈같은 회사다. 이곳에 입사하려는 사람들이 그야말로 억 단위로 있을 지도 모른다.

시이코가 끌려온 곳은 그 노스리버 사의 제4 일본지부다.

노스리버 사는 일본 전국에 약 10여 곳── 주로 교외에 이런 시설들을 보유하고 있다.

"전국, 아니, 전 세계 사람들이 여기 들어와서 배우고 싶다, 여기서 일하고 싶다는 꿈을 꾸지만 이루지 못하고 있어. 그런데 시이코는 그 꿈을 이뤘어. 정말 대단하구나."

"응…… 알아."

"그러니까 시이코. 혼자 있으면 힘들지도 모르지만, 여기서 공부해서, 훌륭한 사람이 되렴. 그게 시이코의 사명이야. 알았지?"

어머니는 『시이코는 자랑스러운 딸』이라고 강조했다. 자랑스러운 딸의 장래를 생각했기 때문에, 이렇게 떨어져 살게 되더라도 최고의 환경에서 배우게 하는 쪽을 선택했다 —— 그런 비극적인 어머니를 연기하는 모습은, 어린 시이코가 보기에도 우스웠다.

'솔직히 말해도 되는데…… 너 같은 건 필요 없으니까, 돈을 받고 팔았다고…… 그렇게 말해주는 쪽이…………'

장학금이라는 명목의 인신매매. 시이코는 계약서를 보지 못했지만, 아마도 시이코는 앞으로 죽을 때까지 노스리버 사를 위해서 헌신한다는 약속을 했겠지.

그 결과로 받은 돈으로, 어머니는 시이코의 남동생이나 여동생을 낳으려나.

이번에는 실패하지 않겠다고, 그렇게 다짐하면서——

"그럼 잘 있어. 열심히 하고. 알았지?"

그렇게 말하고, 어머니는 시이코에게서 떠났다.

그 뒷모습이 너무나 후련해 보여서…… 그야말로 무거운 짐을 내려놓은, 『도박』에 져서 진 부채를 청산한 사람 같다고, 시이코한테는 그렇게 보였다.

"…………"

눈물은 나오지 않았다. 그런 것도 귀엽지 않은 구석일 거라고, 시이코는 남의 일인 양 그렇게 생각했다.

그리고——

"안녕, 네가 시이코지?"

어머니와 교대하는 것처럼 나타난 사람은 온후해 보이는 여성이었다.

가슴에 노스리버 사의 배지를 달았고, 꼬리가 약간 처진 눈 위에 은테 안경을 끼고 있었다.

"안녕하세요……."

"난 오하라 노리코, 오늘부터 널 돌보게 됐어, 잘 부탁한다?"

"잘, 부탁드립니다."

시이코는 기계적으로 그렇게 대답했다.

●

결국…… 건물 봉쇄는 해제하지 못했다.

이 건물 내부는 아직까지 대부분의 설비가 살아 있고, 경비 관련 장치도 가동되고 있다. 출입하려면『열쇠』가——아무래도 보안 카드키가 필요한 것 같다. 옥상에서 건물 안으로 들어갈 수는 있지만, 다른 층으로 가려고 해도 여기저기서 그 카드를 찍어야만 하는 시스템으로 되어 있다.

어쩔 수 없이, 오토와한테 부탁해서 다시 옆 건물을 경유해서 섬으로 돌아가고, 시노와 우에무라 씨한테 사정을 설명해달라고 부탁했다. 그동안 나는 문제의 소녀를 지켜보고 있었는데, 도무지 일어날 기미가 보이질 않았다. 아무래도 상당히 소모한 것 같다.

그리고――

『아쉽지만 이건 저희가 어떻게 할 수 있는 일이 아닙니다.』

우에무라 씨가 그렇게 말했다.

돌아온 오토와가 가져다준 통신기를 통해서 들어온 말이다. 사냥할 때 이런 저전력형 무전기나 헤드셋을 쓰는 경우가 있어서…… 차에 한 세트를 실어뒀다는 것 같다.

우리는 창가에 무전기를 놓고, 음량을 최대로 올려놓고 우에무라 씨와 통신을 했다.

『건물 밖을 돌아보면서 살펴봤습니다만, 도저히 들어갈 수가 없습니다. 이쪽은 경비장치가 살아 있기 때문이겠죠. 아무리 봐도 평범한 설비가 아닙니다. 거의 군사 기지 수준입니다. 아마도 대기업의 최첨단 기업 비밀을 다루는 연구기관 같은 곳이 아닐까요?』

"연구기관……."

뭐 왠지 그런 분위기 같기는 하지만.

하지만 그럴 경우―― 어째서 이런 아이가 여기에 있는지가 의문이다.

외모를 보면 초등학생이나 기껏해야 중학생이다.

『어쨌거나 그 아이를 구조한 것 같으니 다행입니다. 그 아이의 상태는 어떻습니까?』

"자고 있어."

그렇게 대답한 건 내가 아니라 오토와다.
여자아이는 기절한 채로 휠체어에 앉아있었다.
『자살하려고 했다면 교대로 지켜보는 게 좋겠죠. 어째서 자살하려고 했는지는 모르겠지만…….』
"뭐, 이런 세상이니까……."
희망을 가질 수가 없어서 투신, 이라는 얘기도 이상하진 않을 테니까.
이런 세상에서 나갈 수만 있다면 나가고 싶다고 생각하는 것도 자연스런 일이다. 그게 자살이라는 수단이라고 해도.
"그리고, 이 아이 이름은 카츠라 시이코래."
오토와가 말했다.
"어떻게 알았어?"
"이 아이 가슴에, 이름표가 달려 있어."
내가 묻자, 오토와가 여자아이 가슴께를 가리키면서 말했다.
정말로 손바닥만 한 크기의 이름표가 달려 있다. 『2nd Lab』이라는 건 직함일까 아니면 소속일까. Lab── 랩, 래버래터리의 약자라면, 역시 이곳은 어느 기업의 연구소려나.
『그렇다면, 이 아이도 관계자일까요?』
"이런 어린 애가?"
"사람은 겉만 봐서는 몰라."
오토와가 말했다. 이 녀석이 말하면 이상하게 설득력이

있다니까.

"……으…… 음……."

휠체어에 앉은 여자아이가 몸을 뒤척였다.

아무래도 정신을 차린 것 같은데——

"이봐—— 저기? 괜찮아? 우리 알아보겠어?"

"……."

천천히 눈을 뜨고, 눈을 두 번 깜박깜박. 표정이 애매하게 풀어진 채로, 여자아이는 잠시 자신이 처해 있는 상황을 이해하지 못한 것 같았는데——

"……노리코? ……키스?"

"응? 뭐라고?"

여자아이가 말한 건 누군가의 이름이려나.

나와 오토와가 얼굴을 마주 보고 있는데——

"아냐…… 누구야?"

겨우 의식의 윤곽이 확실해졌는지, 여자아이는 얼굴을 찌푸렸다가 다시 몇 번 눈을 깜박이고—— 그리고는 그렇게 물었다.

"난 데와 히로아키. 그리고 이쪽은 쥬도 오토와."

"……."

일단 자기소개를 했지만, 여자아이는 아무 말 없이 뚱한 표정으로 우리를 노려왔다.

"그러니까, 네 이름—— 시이코라고 부르면 되려나?"

"……."

역시 여자아이는 아무 말이 없다. 우연히 이 건물에 들어오게 된 아이가 이 시설 직원 이름표를 걸고 있을 가능성도 있으니까, 일단은 확인해봤는데— 표정이 살짝 달라진 걸 보면 카츠라 시이코라는 이름이 맞겠지.

"그래서……."

거기서 난처해졌다.

너, 자살은 안 되지—— 라든지 뭐, 그런, 일반적인 잔소리를 하는 건 쉽지만, 사정도 모르는 우리가 잘난 척 뭐라고 할 자격은 없다. 애당초 왜 구해줬냐고 물으면 『그냥, 거의 반사적으로』라고밖에 할 말이 없고.

"……왜, 날 구한 거야?"

실제로—— 그렇게 묻는 시이코의 목소리에는 분노가 서려 있었다.

"아니. 그래도 자살은——."

"자살은 좋지 않다고? 왜?"

"왜긴…… 그야…… 부모 형제나 친구들이 슬퍼……."

나도 모르게 그런 뻔한 대사를 늘어놓고 말았는데, 아무래도 그게 시이코의 역린을 건드린 것 같다. 소리를 지르지는 않았지만, 시이코는 굳은 표정으로 이렇게 말했다.

"안 슬퍼해. 난 부모가 팔아먹었고 친구들은 날 버렸으니까."

"……뭐?"

갑자기 엄청난 말이 튀어나와서—— 나는 굳어지는 수

밖에 없었다.

부모가 팔았다. 친구가 버렸다.

"좀비가 이 세상에 넘쳐나서?"

내 대신에 묻는 오토와. 하지만 시이코는 살짝 고개를 저었다.

"친구들이 버린 건 그것 때문이야. 하지만 팔린 건 그 전에. 모자란 애라서 더 이상 키우기 싫다고── 팔았어. 별 생각도 없이 키우기 시작했다가, 결국 키우지 못하게 되고, 질려서, 버렸어. 최악이라니까. 차라리 처분이라도 하든지."

"저기…… 그건…… 좀……."

마치 자신이 가축이나 애완동물이라도 된다는 것 같은 말투다.

아마도 그녀의 부모가 그렇게 대했기 때문이려나…….

"기르던 주인이 처분하지 못하면, 알아서 처분하는 수밖에 없잖아."

내뱉는 것처럼, 시이코가 말했다.

"……다음엔 방해하지 마. 인생에 살아갈 『권리』가 있다면, 그걸 내 마음대로 『처분』할 권리도 있지 않겠어? 당신들한테 무슨 권리가 있어서 내 목숨의 『처분』을 방해하는 건데?"

시이코는 눈을 치켜뜨고 노려보면서 말했다.

분명히 『권리』라면 자기 마음대로 할 수 있다. 그게 『의

무』가 아니라면.

하지만——

"우리한테 당신을 막을 권리는 없어. 맞는 말이야."

오토와가 태연하게 말했다.

"자, 잠깐만 오토와! 아무리 그렇다고, 그냥 죽게 두는 건……."

그렇게 항의했지만, 나라고 뾰족한 수가 있는 것도 아니다.

시노 때는 원래 알던 사이기도 했고 여러모로 생각할 여유가 있었기 때문에 설득도 했지만…… 아무래도 처음 만난 자살 지원자를 설득할 방법은 바로 생각나지 않았다.

게다가 이 시이코라는 아이의 절망감은 상당히 심각한 것 같다. 기본적으로 인간 불신이 밑에 깔려 있다고 할까. 아무리 좋은 소리를 한다고 해봤자 납득해줄 것 같지가 않다. 그렇다면…….

"우리는 지금 안전한 곳을 찾아서 도망치는 중이야. 다해서 네 명. 하지만 동료는 한 사람이라도 더 있으면 마음이 든든해. 자살을 막은 건 우리 사정 때문이라고나 할까, 이익이 되기 때문이야. 우릴 도와주지 않겠어? 같이 가자!"

어디까지나 결과론이지만…… 우리한테 시노와 우에무라 씨의 존재는 여러모로 실질적인 이익이 되고 있다. 도덕적으로 접근해서 방법이 없다면, 실리를 강조해서 설득하는 게 좋겠다고 생각했는데——

"난 거치적거릴 뿐이야."

시이코는 그렇게 말하고 자기 무릎을 봤다.

휠체어에 앉은 채, 아까부터 전혀 움직이지 않는 두 다리 쪽을.

"이 휠체어가 없으면 마음대로 돌아다니지도 못해. 당신들한테 그런 인간을 데리고 다닐 만큼의 여유가 있어?"

"……그건……."

하긴, 지금 우리는 여기서 나가지도 못하는 상황이다.

시이코가 보안 카드키를 가지고 있다고 해도, 휠체어를 타고 여기서 나갈 수 있다고 해도, 그 다음에는 어떻게 할까? G클래스에 휠체어를 실을 공간은 어떻게든 확보할 수 있겠지만, 그 다음에는?

"괜찮아."

갑자기, 시이코가 웃었다.

시이코는 곤혹스러워하는 내가 불쌍하다는 말투로 이렇게 말했다.

"난…… 익숙하니까."

익숙하다니…… 뭐가? 버림받는데?!

"어머니는 모자란 나를 키우는 게 귀찮아서 날 팔았어. 좀비 사태가 벌어지니까 여기 직원들은 전부, 귀찮은 날 버리고 도망쳤어. 제1지부에 키스하고도 연락이 안 되게 됐고, 노리코도……."

갑자기 시이코의 목소리가 흔들렸다. 큰일 났다── 고 생각한 순간에는, 이미 시이코의 마음속에서 뭔가가 무너진 것 같다. 뚝뚝, 커다란 눈에서 눈물이 떨어지기 시작했다.

"노리코까지…… 날……."

"시이코──."

그 노리코라는 사람이 누구인지는 모르겠지만…… 친어머니한테 『팔린』 시이코의 마음속에서는, 아마도 그 사람이 『타인을 믿는다』는 점에 있어서 마지막까지 지켜야 할 선이었겠지.

하지만 그 사람도, 없어졌다.

그래서 시이코는 아무도 믿지 않는다. 믿을 수 없다.

"……괜찮아. 말했잖아. 익숙하다고."

시이코는 옷소매로 눈물을 닦고서 말했다.

"그러니까, 난 신경 쓰지 말고 가. 내 일은 내가 알아서 해결할 테니까. 더 이상 방해하지 마."

화를 내는 것도 아니고 비웃는 것도 아니고 짜증을 내는 것도 아니고. 오히려 애원이라고 해야 할 느낌이 담긴 그 말에── 나는 시이코의 마음속을 갉아먹고 있는 절망의 깊이를 조금이나마 엿본 것 같았다.

●

결국── 나와 오토와는 그 건물에서 밤을 보내게 됐다.

노스리버라는 회사가 이 건물 주인인 것 같다. 외국계 회사인지, 건물 내부의 안내도나 각종 주의사항, 건물의 명패까지 전부 영어 표기가 눈에 띄었다.

그리고 제대로 된 식량도 없었는지, 초콜릿 쿠키가 두 상자 정도 있었고── 곳곳에 생수 디스펜서가 있어서, 그걸로 배를 채울 수 있었다. 직원들이 기분 좋게 일하게 하기 위한 배려였겠지── 물은 물론이고 커피, 녹차, 홍차도 선택할 수 있는 디스펜서는 꼭대기 층에만 세 군데나 있었다.

"오히려 시노나 우에무라 씨도 부르는 게 좋지 않을까……?"

확실한 경비 태세를 생각해보면, 섬에 있는 차 안보다 여기가 훨씬 안전할 것 같다.

물론 그렇다고 핵 방공호 정도는 아니니까, 오토와가 말한 것처럼 원자력 발전소의 노심 융해가 벌어지면 여기도 위험하겠지만.

"……그나저나 정말 대단한 설비네……."

나랑 오토와가 있는 곳은 컴퓨터 단말이 잔뜩 있는 컴퓨터 룸이었다.

예전에 홈센터에서 살았던 시절의 버릇이 남아 있는지, 이런 모니터나 디스플레이가 잔뜩 있는 방에 있으면 왠지 마음이 놓였다.

참고로── 시이코의 이름표를 카드키로 쓸 수 있다는 것 같지만, 그걸 빌린다고 해도 아래층으로 내려갈 수는 없다고 했다. 문을 열 수는 있지만, 아래층에는 초기에 좀비가 된 직원들이 각 층에서 돌아다니고 있다는 것 같다. 이 건물 출입구가 봉쇄된 것은── 그리고 이 주위에 좀비가 거의 보이지 않는 것도, 좀비를 건물 안에 가뒀기 때문이라는 것도 같고.

실제로…… 단말의 디스플레이는 현재 건물 안에 있는 경비용 CCTV와 연결돼 있는지, 가끔씩 아래층에서 돌아다니는 좀비의 모습이 나왔다. 사실 각 층마다 꽤나 복잡한 구조인데다가 방도 많다 보니, 좀비의 상황만 확인하면 틈을 봐서 아래까지 내려갈 수도 있겠지만──

"엘리베이터만 쓸 수 있으면, 저 아이를 휠체어에 태운 채로 데리고 나갈 수도 있을 텐데."

하지만 1층은 특히 좀비 밀도가 높다.

엘리베이터 세 대는 전부 건물 안쪽에 있다. 그래서 휠체어를 탄 시이코를 데리고 탈출할 경우— 그냥 뛰어갔다가는 순식간에 걸어 다니는 죽은 자들에게 포위당하는 꼴이 되겠지.

"그런데 히로아키."

갑자기 오토와가 뭔가가 생각났다는 것처럼 말을 걸었다.

"시노 양…… 이름으로 부르던데."

"……."

나는 왠지 나쁜 짓을 했다가 걸린 개구쟁이 같은 기분이 들어서 움찔, 하고 몸이 굳어졌다.

아니, 나쁜 짓을 한 건 아닌데 말이야.

"아니, 뭐, 그게, 오토와도, 이름으로 부르니까, 자기도 그렇게 불러달라고…… 그쪽에서 말이야? 제안을 해서 말이야?"

"우에무라 씨는 그대로 부르고."

"뭐, 그쪽은 분명히 나보다 나이가 많잖아!"

그 사람을 함부로 부를 용기는 없다고, 응.

"……흐응."

오토와는 고개를 갸웃거리면서 내 얼굴을 들여다봤다.

그 얼굴은 평소대로 무표정해서 무슨 생각을 하고 있는지 파악하기 힘들다.

"그보다 오토와. 저 아이…… 어떻게 할까?"

나는 일단 다른 이야기를 하기로 했다.

"어떻게 하면 저 아이를 도와줄 수 있을까?"

"——무리야."

오토와가 바로 대답했다.

"너, 그렇게까지 딱 잘라서 말하지 말라고……."

"지금 우리 능력, 지금 이 상황, 생각하면 도저히 무리."

"아무리 그대로, 재는 아직…… 어리잖아."

내 머릿속에 문득, 동생 요시아키의 모습이—— 그것도

그 녀석이 초등학생이고 나와 사이가 좋았던 시절의 모습이 떠올랐지만, 뭐 이건 무의미한 감상이겠지.

"버리는 건…… 곤란하다고 할까, 좋지 않다고 할까."

"본인의 뜻을 무시하는 쪽이 실례야."

"죽고 싶다고 생각해도 말이야?"

"그게, 저 아이가 찾아낸 답이라면."

오토와의 말투는 전혀 흔들림이 없다.

"답이란 말이지……."

분명히 나는 깊이 생각하지도 않고 『죽는 건 안 돼』라고 말했을 뿐이니까, 고민한 끝에 죽음을 선택했을 시이코한테는 전혀 설득력이 없었겠지.

"아, 그렇구나…… 옳다든지 틀렸다든지 그런 게 아니지. 내가, 싫은 거야. 그것뿐이었어."

그렇게 말하고, 어깨를 으쓱거려 보였다.

아직까지 살아 있는, 살 수 있는 사람이 죽지 않았으면 싶다. 사람이 죽는 게, 그것 보는 게, 괴롭다. 싫다. 보고 싶지 않다. 단지 그것뿐인, 내 이기적인 생각이다

"그런데 오토와. 아까부터 뭐 하는 거야?"

나는 문득 오토와의 손 쪽을 보면서 말했다.

오토와는 아까부터 나랑 얘기는 하고 있지만 이쪽을 보지 않았다. 단말기 앞에 앉아서, 뭔가 계속 손을 움직이고 있다.

"인터넷 접속."

"뭐……?"

"그런데 잘 안 돼."

"……좀 보여줘 봐."

그렇게 말하고, 오토와 뒤로 가서 단말 화면을 봤다.

그렇다. 잘 생각해보면 이걸 시험해봤어야 했다.

좀비 사태 초기에는 각종 서버나 게이트웨이가 자동으로 유지됐기 때문에, 나도 아무것도 모른 채 VR FPS에 빠져 있을 수 있었다.

지금은 아무래도 접속이 뚝뚝 끊어지는 일도 많아졌고, 유용한 정보도 거의 얻을 수 없어서 스마트폰을 거의 켜지도 않고 있지만…… 유선이라면 아직 접속이 될지도 모른다.

그리고 외국계 연구소라면 기밀 유지에 상당히 신경을 쓰고 있을 테니까.

데이터를 주고받는데 전용 회선을 사용해서 직통으로——접속할 수도 있을 테니까.

조사해볼 가치는 있겠지. 그야말로 원자력 발전소에서 떨어진 곳에 이 회사 연구 시설이— 이곳과 동등한 경비 태세를 갖춘 건물이 있다면, 그곳으로 가는 것도 선택지 중에 하나로 생각할 수 있다.

"패스워드를 입력하래."

화면은 빈 입력 칸을 표시한 채로 멈춰 있다.

"뭐, 당연하겠지."

"히로아키. 몰라?"

"내가 어떻게 알아."

그렇게 말하면서, 키보드를 내 쪽으로 끌어당겨서 몇 가지를 대충 쳐봤다.

회사 이름 등등, 생각나는 말들을 적당히 입력해봤지만, 당연히 아무 반응이 없다.

"안 되겠네── 아냐, 잠깐만."

여기 사람이라면 알고 있을지도 모른다.

"……잠깐만, 시이코한테 물어볼게."

●

도로가 보이는 창가에서── 시이코는 혼자서 멍하니 밖을 보고 있었다.

일정한 간격으로 설치된 가로등 불빛이 가끔씩 지나가는 시체의 모습을 비춰서, 기분 나쁜 모습을 보여주고 있다. 그때마다 시이코는 가만히 응시하면서 그 모습을 관찰했다.

"……."

뭔가 목적이 있어서 그런 건 아니다.

그저 노스리버 사원으로서의 가치밖에 없었던 시이코에게 관찰하고 고찰하는 것은 이미 호흡이나 식사와 동등한 행위가 되어 있었다. 굳이 의식하지 않아도 자연스레 하게 된다. 그러지 않으면 살아갈 수 없다.

"괜찮아. 너라면, 틀림없이 할 수 있으니까."

노스리버는 외국계 기업답게 철저한 성과주의였다.

시이코는 충실한 연구 환경을 받았지만, 결과를 내지 않으면 그것들을 순식간에 빼앗길 수도 있다. 잠재적인 재능 따위는 아무 상관없다. 중간 경과 따위는 고려하지 않는다. 기업 임원들 앞에서 『이거다』라고 보여주는 것만이 평가 대상이고, 그것이 없으면 평등하게 무능하다는 취급을 받는다.

매일…… 항상 등 뒤에서 누군가가 쫓아오는 것처럼, 시이코는 연구에 몰두했다.

열네 살 아이에게는 너무나 가혹한 나날이었다.

그런 와중에—— 시이코가 버티게 해준 것은, 자신을 돌보는 역할을 맡은 노리코였다.

"대단하다. 시이코는 정말 천재야! 거기에 비하면 나 같은 건…… 안경을 써서 머리가 좋다고 생각하는 사람들이 많은데, 전혀 아니거든. 안경 쓴 여자가 『능력 있다』고 멋대로 생각하는 것, 그거 차별이잖아? 안 그래?"

살벌한 나날 속에서—— 노리코의 존재가 대체 얼마나

시이코를 위로해줬는지.

노리코는 시이코를 마치 동생처럼, 또는 딸처럼, 열심히 챙겨 줬다. 평일에는 물론이고, 휴일에도 시이코 곁에서 계속 돌봐줬다.

그것이 노리코의 일이니까…… 라고 치부하기에는 과도한 헌신이었다.

"여, 시이코. 얘기 들었어, 제8샘플 실험…… 또 기록을 단축했다면서?"

그리고── 시이코가 버티게 해준 또 한 사람.

노스리버 본사에서 온 젊은 임원── 키스 웨인.

부드러워 보이는 금발에 선명한 푸른색 눈, 이목구비가 또렷한 얼굴…… 전형적인 서양인이라는 느낌이었다. 게다가 키스는 항상 밝고 붙임성이 좋은데다, 임원이면서도 거만하게 구는 분위기가 없는 싹싹한 인물이었다.

키스는 이 나라에 있는 여러 지부들을 총괄하는 역할을 맡고 있었기 때문에, 항상 시이코네 곁에 있었던 건 아니다. 오히려 가끔씩 이 제4지부에 와서 성과를 확인하고 가는 정도였지만──

"맞아요 웨인 씨. 시이코는 진짜 천재라니까요."

"노리코, 왜 당신이 그렇게 자랑스러워하는 거지?"

"뭐 어때요. 시이코는 자기가 자랑하지 않으니까, 제가 대신하는 거죠."

"――시이코, 노리코가 짜증 나게 굴면 나한테 연락해야 해?"

"너무해요, 웨인 씨?!"

물론 키스도 노스리버 사원, 그것도 임원이다 보니 성과주의자라는 점은 틀림없다. 하지만 키스에게는 선견지명이 있었다고 할까, 다른 사람들은 파악하지 못하는, 또는 이해하지 못한 사소한 부분에서도 가능성이나 장래성을 알아보고 그것을 성과로 인정해주는 경우가 많았다. 때로는 시이코 본인이나 노리코조차도 알아차리지 못했던 가능성을 그는 충분히 끌어내줬다.

"너무 겸손해하지 마, 시이코. 넌 더 당당해져도 돼."

"그래, 시이코. 무엇보다 열두 살에 박사 학위를 단 시점에서 대단한 거니까."

"그러게 말이야. 시이코, 네가 좀 더 주장하지 않으면, 너보다 성과를 내지 못하는 사람들이 체면이 안 서잖아. 넌 좀 더 거만하게 굴어도 돼."

두 사람이의 존재가 시이코를 구원해줬다고 할 수 있다.

부모에게 버림받은 고독한 천재 소녀가―― 새롭게 찾

아낸 안주할 땅.

일은 힘들었지만 충실했다. 그 사실이 시이코에게 사소하나마 행복을 느끼게 해줬다. 이런 날이 조금이라도 더 오래 이어졌으면 싶다고——.

그런데…….

"조금만 기다려, 시이코. 이것저것 구해서 돌아올 테니까."

좀비 사태 때문에 세상이 붕괴하고—— 일주일 정도 지났을 때.

휠체어 때문에 도망치지 못해서 남겨진 시이코와, 그런 시이코를 위해서 곁에 남아준 노리코.

정부 기관은 믿을 수 없다. 키스와 연락해보려고 했지만 연결되지 않았다.

물은 있지만 식량이 일찌감치 떨어졌고, 시이코가 좋아하는 초콜릿으로 어떻게든 영양을 보급하는 나날…… 그것도 거의 다 떨어졌기 때문에, 노리코는 밖에 나가서 식량을 조달해오겠다고 했다.

아래층의 좀비들에게 들키지 않게 몰래, 계단을 이용해서, 때로는 비상계단도 이용해서 1층까지 내려가, 노리코는 자기 차를 타고 떠났다.

시이코는 기다렸다. 노리코를 믿고 기다렸다.

하지만…… 이틀이 지나도 사흘이 지나도, 노리코는 돌아오지 않았다.

닷새째가 됐을 때, 그제야 노리코가 돌아오지 않는다는 걸 알았다.

버림받았다. 그렇게 생각했다.

생각해보면 노리코가 시이코를 돌봐줬던 것도 일이었기 때문이다. 그 대가로 돈을 받았기 때문이다. 시이코가 잘해서 성과를 내면 그것이 노리코의 성과도 됐기 때문이다. 그래서 노리코는── 타인인 시이코에게 잘 대해줬던 것이다.

하지만 이제 회사는 없다. 그래서 일을 해도 의미가 없다.

누가 돈을 주는 것도 아니고, 평가해주는 것도 아니다. 그러니까──

"……."

시이코는 한숨을 쉬었다.

정말로, 난 뭘 하고 있는 걸까.

노리코조차 일을 팽개치고 도망쳤는데…… 자신은 아직까지 관찰과 고찰을 계속하고 있다. 그만둘 수가 없다. 그것밖에 할 일이 없다. 그것밖에 할 수가 없다. 너무나 비참한 기분이다.

"……."

아래쪽에 있는 밤길── 비틀비틀 나타났다가 사라져가

는 좀비가 보였다.

'저 녀석들이 어떤 패턴에 따라서 행동한다는 건 알았어.'

머릿속에서 몇 가지 가설과 추론을 세웠다.

언어유희가 아닌 사고 유희다.

'하지만…… 대체 뭘 기준으로…….'

좀비들이 『생전』의 습관에 따라서 일정한 행동을 한다는 것은 알고 있다.

하지만 시이코가 관찰한 안에서, 저 움직이는 시체에게는 그것과 다른 행동기준 같은 것이 있다. 공통된. 법칙성이라고 해도 되겠지.

예를 들어서 정기적으로 활동을 쉬는 것은 어느 시체에게서나 보이는 공통된 패턴이고…… 소모를 피하기 위한 것이라고 생각되는데, 그렇다면 왜, 시체가 『앞날을 생각한』 행동을 하는 걸까? 시간을 벌고 있다? 하지만 시간을 벌어서 어쩌자는 거지?

시체는 시체다. 최종적으로는 썩어서 없어질 것이다.

그들은 이미 생각도 못 할 텐데.

어떠한 신경계가 아직 살아있다고 해도, 중추인 대뇌가 기능을 정지했다면 생각을 할 수도 없을 것이다. 아니. 애당초 혈류가 정지해서 대뇌도 소뇌도 불가역적인 붕괴가 시작됐을 텐데, 어째서 걸어 다니고, 산 자를 찾아내서 공격하는, 그런 고등한 행동이 가능한 걸까.

시이코는 사색을 중단하고, 휠체어를 움직여서 창가를 벗어나 방 한쪽에 있는 책상 쪽으로 향했다.

거기에는 초코 쿠키 상자가 하나 놓여 있었다. 거의 무의식적으로 거기에 손을 넣고— 하지만 아무리 뒤져도 원하는 것의 감촉이 느껴지지 않았다.

아무래도 자살을 시도하기 전에 먹은 한 개가 마지막이었던 것 같다.

아마도 다른 방에는 아직 같은 과자 상자가 있겠지만—— 가지러 가기가 싫었다. 그 귀찮은 남녀와 얼굴을 마주치는 것도 싫었다.

그리고, 보나 마나 그 두 사람이 먹어버렸겠지.

그렇게 결론을 내리고 한숨을 쉬고는—— 시이코는 쿠키 부스러기를 손가락에 찍어서 혀로 핥아봤다. 달콤한 향이 혀 위에 번지자, 시이코는 아주 조금 행복한 기분을 맛봤다.

이 초코 쿠키는 키스가 뇌에 당분을 보급하는데 좋다면서 줬던 것인데, 그게 마음에든 시이코가 노리코한테 부탁해서 항상 비치해뒀던 것이다.

노리코는 이제 없다. 키스도 연락이 안 된다. 어쩌면 두 사람 모두, 이미——

"……."

갑자기 문 두드리는 소리가 들렸다.

"——저기, 시이코?"

이어서 들려온 건 그 남자의 목소리였다.

아마 히로아키라고 했었지. 데와 히로아키.

"잠깐 괜찮아?"

"……들어와."

모든 게 다, 어떻게 되건 상관없다.

반쯤 자포자기한 기분으로, 시이코는 그렇게 대답했다.

●

"노스리버…… 뭐 하는 회사였지."

복도를 걸어가면서 중얼거렸다.

설비가 훌륭한 건 그렇다 치고…… 자세히 보니 거의 사각이 없을 정도로 CCTV가 잔뜩 설치돼 있고, 다른 층에 가려고 해도 카드키가 필요하고, 게다가 비상용이라고는 해도 층마다 완전히 차단할 수 있는 격벽 등등…… 아무리 생각해도 이상할 정도로 경비 시설이 엄중하다.

"뭐, 이제 와서는 다 소용없는 일이지만."

나는 남아 있던 초콜릿 쿠키 상자를 하나 들고서 시이코가 있는 방으로 가고 있다. 외국제로 보인지 패키지에 적혀 있는 글자들이 전부 영어다.

'그러고 보니까, 이거, 아침에…….'

쇼핑센터에서, 안경 쓴 좀비가 잔뜩 가지고 있던 것과 같은 과자다.

죽은 사람도 먹고 싶어 하는 맛—— 일 리는 없겠지.

솔직히 쿠키도 그 사이에 끼워진 초콜릿도 너무 달아서, 나한테는 조금 먹기 힘들 정도였다. 당분과 탄수화물—— 영양 보급이라는 측면에서는 좋을지도 모르지만.

너무 깊게 생각하지 않고, 오토와랑 둘이서 한 상자를 먹어버렸는데…… 잘 생각해보니까 이건 시이코의 귀중한 식량인데 말이야. 멋대로 먹어서 미안하다고 사과하면서, 남은 한 상자를 시이코한테 가져다주기로 했다. 뭐, 자살할 생각이라면 필요 없다고 할까, 필요 없다고 거절할 수도 있지만.

그런 생각을 하면서, 나는 시이코 방의 문을 두드렸다.

"——저기, 시이코? 잠깐 괜찮아?"

"……들어와."

뚱한 표정이 눈에 보이는 것 같은 목소리가 돌아왔다.

그래도 일단 허락은 받았으니까, 사양할 필요는 없겠지.

"좀 물어볼 게 있는데……."

상상했던 대로 뚱한, 한눈에 봐도 심기가 불편해 보이는 표정의 시이코가 휠체어에 앉은 채로 방 한복판에 있었다. 하얗고 청결해보이지만 컴퓨터가 놓인 책상 말고는 아무것도 없는, 살풍경한 방이었다.

이 아이는 이런 방에서 살았던 건가? 아니—— 침대가 없으니까, 사는 건 다른 방이려나. 아마 여기는 일하는 방이겠지.

"아, 그 전에 이거."

나는 초콜릿 쿠키 상자를 내밀었다.

"……그건."

"미안해, 두 상자가 있었는데, 하나는 나랑 오토와가 먹어버렸어."

그렇게 말하면서 마지막 한 상자를 시이코의 책상 위에 올려놨다.

"……뭐, 이젠, 됐지만."

시이코는 그렇게 말했다.

"어차피 죽을 거면 필요 없으니까."

역시 그런 소리를 하는구나…….

뭐, 그래도 지금 여기서 생명을 소중히 여기라느니 어쩌네 하고 잔소리를 해봤자 기분이 더 상할 거라는 걸 알고 있으니까, 나는 불만을 늘어놓지 않은 것만 해도 다행이라고 생각하면서 본론으로 들어갔다.

"좀 알아볼 게 있는데, 컴퓨터가 패스워드를 입력해야 쓸 수 있다고 해서……."

"당연하지. 기업 컴퓨터와 단말이니까."

그렇게 말하면서, 시이코는 휠체어를 움직여서 책상 쪽으로 갔다.

"어지간한 것들은 이 방에 있는 단말에서도 조사할 수 있는데."

"아, 그렇구나. 고마워."

그렇게 말하고, 나는 시이코 뒤에 서서 컴퓨터 화면을 봤다.

그랬더니――

"가르쳐줄 수는 있는데…… 조건이 있어."

"조건? 뭔데?"

"이번엔 방해하지 마."

그건 한마디로, 다음에 시이코가 자살을 시도해도 가만히 보고 있으라는 건가.

"그런다고 약속해주면 이 초콜릿 쿠키도, 디스펜서에 물도 다 가지고 가도 돼. 보안 카드키도 줄 테니까, 다른 층에 남아 있는 물건들을 찾아도 되고. 경비원 대기소에는 아마 무기도 남아 있을 거야."

"그건 고맙네, 하지만……."

그렇다고 나보다 나이 어린 여자아이가 몸을 던지는 모습을 가만히 보고 있는 건 괴롭다.

어떻게 해야 좋을까. 나는 고민한 끝에―― 일단 잔꾀를 부려서 다른 이야기를 하기로 했다. 이 아이하고 조금 더 친해지면 공략할 틈이 보일지도 모른다고 생각했기 때문이다.

"그러고 보니까 말이야, 이 초콜릿 쿠키 유명한 거야?"

"……뭐?"

"아니, 오늘 아침에 들렀던 쇼핑몰에서, 이걸 잔뜩 모아 놓은 좀비가 있었거든…… 좀비는 생전에 습관적으로 반복하던 행동이라든지, 죽기 직전에 강하게 인상이 남은 행동 같은 걸 죽은 뒤에도 되풀이하는 경향이 있으니까…… 뭐라고 할까, 죽음을 각오한 사람이 배터지게 먹으려고 한 게 아닌가 싶었거든…….”

솔직히 난 너무 달아서 먹기 힘들었지만…… 이런 맛을 좋아하는 사람도 있겠지. 미각은 인종은 물론이고 자라온 문화나 개인적인 체험에 따라서도 달라진다고 한다. 그래서 식생활 교육이라는 개념도 있는 거고.

“……좀비가?”

“그래. 뭔가 엄청나게 집착하는 것 같더라니까.”

나는 시노가 초콜릿 상자에 손을 대려고 한 순간에, 좀비가 벌떡 일어나서 공격했던 모습을 떠올렸다. 그건 단순히 시노가 일정 거리까지 접근했기 때문에── 라고 생각하지만, 보기에 따라서는『자기 초코 쿠키를 빼앗길 것 같아서』공격했다고 볼 수도 있다.

“여성 좀비였는데 말이야. 역시 여자들은 단 것에 집착하는 걸까. 솔직히 난 그렇게까지 좋아하지 않아서 잘 모르──.”

“그 사람……!”

갑자기 시이코가 큰 소리로 말했다.

“그 사람, 이 아니라 그 좀비…… 어떻게 생겼어?”

“──뭐?”

“가르쳐줘. 어떤 좀비였어? 어떤 옷을 입었어?”

지금까지는 만사가 귀찮다는 분위기였던 시이코가, 당장이라도 잡아먹을 것 같은 기세로 그렇게 물었다. 갑작스런 태도 변화가 신경 쓰이기는 했지만, 일단 시이코의 이야기에 맞장구를 쳐주기로 했으니까, 이 틈을 놓치지 않고 계속 말하기로 했다.

"어쩌냐고 해도…… 바닥을 질질 기어 다녀서 옷은 완전히 더러워졌고, 머리카락은 산발이 됐고, 얼굴은 제대로 못 봤지만…… 아, 그러고 보니까, 안경을 꼈지."

나는 오늘 아침에 있었던 일을 생각하면서 말했다.

"아마 은테 안경……."

"…………."

시이코는 잠시, 신음하는 것처럼 입을 뻐끔거리더니.

"무슨 짓을 한 거야…… 노리코……."

힘이 빠진 것처럼 축 늘어졌다.

"――노리코?"

내가 중얼거리는 목소리 속에 있었던 이름을 말했더니, 시이코가 고개를 번쩍 들었다.

"그거, 아마……."

시이코가 한 이야기에 나왔던―― 동료의 이름 아니었던가. 시이코를 두고 여기서 도망쳤다던 여성. 시이코의 말을 들어보면, 다른 동료들과 다르게 친한 관계였던 것 같은데.

"혹시 그 좀비가……."

"……."

시이코는 아무 말이 없다. 단지 뭔가를 참으려는 것처럼 자기 손톱을 물어뜯고 있다.

왠지── 시이코가 무슨 생각을 하고 있는지 상상할 수 있었다.

"이 초콜릿 쿠키…… 혹시 시이코가 좋아하는 거야?"

"…………."

시이코는 고개를 숙인 채 대답이 없다.

"아, 그렇구나."

하지만, 보였다. 그런 생각이 들었다. 돌파구다.

"노리코 씨, 시이코한테 이 초콜릿 쿠키를 가져다주려고 했구나. 죽어서도── 죽은 뒤에도. 그 분한테는, 정말 중요한 일이었어. 죽어서도 잊지 못할 정도로."

"──시끄러!"

시이코가 손바닥으로 책상을 때렸다.

"아는 척 떠들지 마! 노리코도, 키스도, 날 버리고 도망친 게 분명해! 그 좀비는 그냥 이걸 좋아했던 사람일 뿐이고!"

그렇게 말하고, 시이코는 상자를 움켜쥐더니 나한테 집어던졌다.

"으억── 뭐야, 아깝잖아."

"시끄러, 시끄러, 시끄러!"

시이코는 휠체어에 앉은 채로 몸을 비틀어대면서 소리

를 질렀다.

“네가 뭘 알아?! 나도 그 초코 쿠키처럼 버려졌어! 버려진 게 틀림없다고! 나 같이 모자란 사람은 태어나서 죽을 때까지, 그런 일을 반복하면서——.”

친부모가 팔아넘겼다고 했다.

그건 아마도 시이코한테는 지울 수 없는 낙인 같은 것이겠지. 뭘 생각해도, 어떻게 생각해도, 모든 것이 그 사실 위에 성립된 것들이 된다.

누군가와 친해져도 항상 그 사실 때문에 찾아오는 불안이 가슴 한 구석에 응어리지게 된다.

왜냐하면 부모조차도 자신을 버렸으니까.

그래서 기대해서는 안 된다. 기뻐해서도 안 된다. 항상 마음속 한 부분은 차가워야만 한다. 그렇지 않으면 또 버려졌을 때— 틀림없이, 괴로우니까.

그렇게 해서 자신의 마음을 지키려고 한다.

그래서 시이코는 노리코 씨가 자신을 버렸다고, 계속 그렇게 생각해왔다.

이건 처음부터 정해져 있던 일이니까. 그러니까— 슬퍼할 가치도 없다고.

“난 당연히 버려진 거야……!”

비명 같은 소리를 질렀다.

“그래서 나는——.”

버림받은, 아무런 가치도 없는 나, 가치가 없는 목숨, 그러니까 스스로 자신을 버려도 된다— 자신을 버려서 편해져도 된다고, 그렇게 생각하고 있는 건가.

그런 시이코를 보면서, 나는——

"……그럼, 그래도 돼."

아, 젠장—— 진짜 귀찮네 이 꼬맹이!

"……뭐?"

"버려졌잖아. 알았어. 그래. 인정할게. 넌 버림받았어. 네가 그렇게 말한다면 그렇겠지."

"……."

내가 가자기 그런 말을 하리라고는 생각도 못 했겠지. 시이코는 눈이 휘둥그레진 채로 얼어붙었다. 머리가 얼마나 좋은지는 모르겠지만, 자기 혼자서 세상을 다 아는 것처럼 시끄럽게 떠들어대는 망할 꼬맹이. 그렇게까지 말한다면——

"카츠라 시이코. 넌 버림받았어."

나는 시이코 앞에 가서 몸을 숙이고, 얼굴을 똑바로 보면서 말했다.

단언했다.

시이코의 얼굴이 굳어졌다. 자기 입으로 말하는 건 괜찮아도 남의 입으로 하는 말을 듣는 건 괴롭겠지. 뭐, 흔히 있는 일이니까. 나도 그런 경험이 있는데, 자학이라는 건 결국 보다 강한 타인으로부터의 조소나 모멸에 대비해서 자신의 마음을 지키려는 행위에 불과하다.

"그럼, 그걸 내가 주울게."

"——뭐?"

"내가 가진다고. 누가 버렸으니까 그래도 되잖아. 결정. 넌 오늘부터 내 거다?"

곤혹스러워하는 시이코에게, 생각할 틈도 주지 않고 그렇게 말했다.

하는 김에 오른손을 뻗어서 휠체어 등받이에 손을 댔다.

"그러니까, 앞으로는 멋대로 죽거나 어디 가지 마라? 내가 된다고 할 때까지, 그런 건 절대로 하면 안 돼. 넌 내 거니까."

"그런 걸, 머, 멋대로……!"

"그치만 버려졌잖아? 이젠 누구 것도 아니잖아? 넌 네 것도 아니잖아? 그럼 문제없잖아. 내 거야. 결정."

"…………."

"내가 쪼잔해서 말이야. 한 번 내 손에 들어오면 절대로 내놓지 않거든. 언젠가 어디엔가 쓸 수 있을지도 모르니까. 그래서 뭐든지 계속 가지고 있는 주의야. 그래서 내 방이 엄청 좁아졌었지."

덕분에 낡은 건 콘트롤러 같은 것도 팔거나 버리지 않고 상자째로 책장 위에 계속 쌓아놨었지. 결과적으로 그것 덕분에 어머니 좀비한테 물려 죽지 않고 살아남았지만.

"기왕에 주웠으니까, 바로 써야지. 그러니까 정보 수집—— 잘 부탁해."

"……."

시이코는 반쯤 넋이 나간 표정으로 날 쳐다봤지만.

"바…… 바보 아냐……?"

고개를 숙이고 그런 말을 하는 시이코. 뭐, 바보라는 건 부정할 수 없지만── 바보라야 할 수 있는 일도, 아마도 있다고 생각하니까.

"──히로아키."

그때, 갑자기 오토와가 나타났다.

"뭐 하는……."

아마도 한참이 지나도 내가 오지 않아서, 그냥 패스워드만 물어보는데 뭐가 이렇게 오래 걸리냐고 한마디 하러 왔겠지.

"………."

오토와는 그대로 나와 시이코를 보고, 두 번쯤 눈을 깜박였다.

그리고는──

"……히로아키…… 결국……."

"잠깐, 뭐야, 결국 뭐 어쨌다고?! 그 삽 좀 치우고 말해?!"

말하면서 알아차렸다.

나는 시이코의 휠체어 앞에서 몸을 숙이고, 그 등받이에 한 손을 짚고서 얼굴을 마주 보고 있다. 꽤 가까운 거리에서. 아마도 다른 사람이 보면── 꽤나 의미심장한 거리다.

예를 들자면, 내가 시이코를 덮치는 것처럼 보일 만큼.

"그 아이가 도망치지 못한다고, 무슨 짓을……."

"아, 아냐, 절대로 아니냐, 난──."

"──넌 오늘부터 내 거라고 했어."

절묘한 타이밍에 시이코가 엄청난 소리를 했다.

아니, 분명히 그렇게 말하긴 했는데! 했지만!

그건 그러니까, 뭐냐, 그러니까, 오토와가 오해하고 있는 것 같은, 성적인 의미가 아니고 말이야?! 뭐랄까, 부하라고나 할까, 뭐 그런──

"히로아키……."

"그러니까 오해라고!!"

뭔가 아지랑이 같은 기백을 등지고 무표정한 얼굴로 삽을 치켜드는 오토와. 나는 비명 같은 소리로 그렇게 호소했다.

●

"……연결됐어."

시이코가 나와 오토와 쪽을 보면서 말했다.

방 책상 위에 있는 컴퓨터로 노스리버사의 전용 인트라넷── 사내 네트워크에 로그인한 것 같다. 사내 네트워크라고 해도 전국 각지에 여러 개의 지부가 있는 노스리버사의 네트워크는 전국 규모다. 북쪽으로는 홋카이도에서 남쪽으로는 오키나와까지, 여러 지방에 있는 지부들을 연결하는 데이터 통신망이다.

"아마도, 헛수고겠지만."

하지만 시이코는 차가운 말투로 그렇게 말했다.

시이코의 말에 의하면, 전에도 본인과 노리코 씨가 몇 번이나 인트라넷에 접속해서 구조를 요청한 적이 있었다는 것 같다.

하지만 어느 지부도 시설 관리 기재는 살아 있지만 응답하는 사람이 없어서 무인— 또는 좀비가 배회하는 지부의 상황을 확인했을 뿐이라고 했다.

각 지부의 서버에 축적된 방대한 데이터는 그대로 열람할 수 있었지만, 정보만 손에 넣어봤자 어쩔 도리가 없다…… 살아 있는 사람에게 직접 도움을 요청하지 않으면 아무런 의미가 없다고, 그렇게 말했다.

참고로 이 인트라넷을 경유해서 외부—— 소위 말하는 일반적인 인터넷에도 접속할 수 있다. 일당 우리의 원래 목적은 그쪽이었다.

하지만——

"으아…… 뭐야 이거."

시이코가 보여준 화면 안에는 열람 가능한 데이터 일람이 줄줄이 표시되고 있지만, 제목은 고사하고 주석까지 전부 영어…… 게다가 고등학교에서 배우는 단어는 절반도 안 된다. 아마도 전문용어들이겠지.

"그나저나 노스리버라는 이름을 몇 번 들어본 적은 있는데, 구체적으로 뭐 하는 회사야? 그 부분이 아주 애매하다는 인상인데."

"분야가 다양해서, 한마디로 어떤 회사라고 말하기 힘들어."

나하고 얘기하면서도 시이코의 손은 계속 키를 두드리고 마우스를 조작해서, 새로운 창이 나타났다가는 사라지기를 반복했다.

"가능성이 있다고 판단된 분야에는 뭐든지 손을 대는 것 같고. 내가 소속된 제4연구소도 최첨단 기술을 몇 가지 연구 개발했는데——."

"최첨단이라면 구체적으로?"

거대 로봇이라도 만들었나?

"유명한 분야라면 나노머신이라든지."

"나노머신이라면…… 그건가, 그 눈에 보이지도 않을 만큼 작은 기계?"

"그래. 그밖에도…… 전자공학 분야에서 보면 양자 컴퓨터라든지 제7세대 컴퓨터에 의한 인공지능. 튜링 테스트 기록도 우리 인공지능이 가지고 있을 거야. 그리고 약사법이나 의료 관련 규제가 느슨한 미국 본사에서는 약학…… 이라기보다는 화학 분야도 크고. 뭐, 나노머신 같은 레벨이 되면, 전자공학인지 화학인지 애매하지지만. 애당초 나노머신 가동용 엔진은 적외선을 이용한 화학 모터의……."

"아, 예……."

역시 천재 소녀라니까. 말을 술술 늘어놓으면서 설명해 주고는 있는데, 솔직히 말해서 난 반도 못 알아듣겠다. 오토와 쪽을 봤더니 여전히 무표정한 얼굴로 살짝 고개를 저었다. 다행이다. 나만 모르는 게 아닌가보네.

"최근에는 특히――."

거기까지 말하고.

"응? 왜 그래?"

시이코의 어깨 너머로 화면을 봤다.

갑자기 손을 멈추고 화면을 응시하는 시이코. 표시된 것은 어떤 명부 같은데, 여러 사람의 얼굴 사진과 이름이 표시되고 있다.

"키스……."

시이코가 중얼거리는 소리가 들렸다.

그러고 보니 몇 번인가 노리코라는 사람이랑 같이 중얼거렸던 이름이다.

키스 웨인. 얼굴 사진만 보면 젊은 백인 같다. 꽤 잘 생겨서, 다른 데서 봤다면 모델이나 배우라고 착각했을지도 모른다. 게다가 이름 옆에 General Manager of Japan Branch라고.

이 정도는 나도 안다. 일본 지부 총지배인.

한마디로 높으신 분, 영 이그젝티브라는 거겠지.

미남인데다 지위가 있고 돈도 있다. 리얼충인다. 리얼충인 건가. 원래 방구석 폐인 게이머였던 입장에서는 질투심이 부글부글 끓어오르지만, 뭐 그건 그렇다 치고.

"이거……."

그보다 신경 쓰인 것은, 그 키스라는 인물의 얼굴 사진 옆에 복수의 파도 그래프와 숫자가 일정 간격으로 갱신되면서 표시되고 있다는 점이었다.

꼭 심전도 같은데── 이거 혹시 바이탈 사인이라는 건가?

"시이코, 이건?"

"직원의 건강관리 시스템…… 아직 시제 단계지만."

전에도 말했던 것처럼, 노스리버에서는 의료 관련 기술도 개발하고 있다.

이 건강관리 시스템은 사내에 몇 군데 설치된 센서를 이용해서 사원의 건강 상태를 파악하고 있다는 것 같다. 굳이 건강검진을 하느라 시간을 들이지 않아도, 복도에 설치된 비접촉형 센서로 체온과 맥박, 안색을 계측하고 화장실의 배설물도 자동으로 검사해서, 본인은 거의 의식할 필요도 없이 항상 건강진단이 이루어지는 것이다.

당연히 프라이버시 문제 등등 해결해야 할 문제도 여러모로 많기 때문에, 일단 사내에서 지원자를 모집하고 시험운용하고 있다는 것 같다.

"편리하네…… 그렇다면 그건가, 암 조기 발견이라든지 그런 것."

"아직 완전하다고 할 수는 없지만, 가까운 시일 내에 가능할 거라는 얘기를 들었어."

라고―― 뭔가 건성으로 말하는 시이코.

아무래도 뭔가 놀란 것 같은데.

"왜 그래? ――아, 잠깐만. 이거 실시간 표시지?"

나는 키스라는 이름 옆에 있는 표시를 손가락으로 가리키면서 말했다.

"이게 움직이고 있다는 건…… 이 사람, 아직 연구소 안에 있다는 뜻이잖아? 그것도 살아 있는 상태로……"

"응…… 그런 뜻이야. 하지만, 믿을 수가 없어."

몇 번이나 눈을 깜박거리면서 그렇게 대답하는 시이코.

"믿을 수 없다니…… 이런 건 그냥 솔직하게 기뻐하라고. 아는 사람이잖아?"

"몇 번이나 연락하려고 했는데. 전혀 대답이 없었어. 그리고 전에는 키스가 있던 제1연구소에 접속할 수 없는 상태였는데…… 자동 복구라도 된 건가? 하지만."

시이코가 고개를 숙인 채 뭔가를 중얼거리고 있다.

그리고 키보드를 재빨리 두드려서 뭔가 문장을 입력한 것 같은데――

"안 돼. 직접 호출만은 대답이 없어. 통신용 기재가 전부 죽었거나, 아니면 살아는 있지만 어떤 이유인지 통화할 수 없는 상태라든지, 또는…… 역시 키스는 죽었고, 건강관리 시스템의 버그……?"

“…………”

나와 오토와는 얼굴을 마주 봤다.

역시 이 카츠라 시이코라는 소녀는 절망이라는 상태에 너무 익숙해서, 희망을 솔직하게 받아들일 수 없게 돼버린 걸까. 상당히 억지에 가까운 거친 치료── 라고 할까 뭐라고 할까── 자살하는 건 말리는 데 성공한 것 같지만, 몸에 밴 버릇이나 습관까지는 쉽게 고칠 수 없겠지.

“하지만 이게 진짜라면…… 희망이 생겼어.”

그런데………… 갑자기 시이코가 그런 말을 했다.

“……뭐?”

“제2도 제3도 아닌, 그걸 연구하던 제1이…… 제1쪽 관계자가 살아 있다면…… 세상을 구할 수 있을지도 몰라……!”

반쯤 잠꼬대 같은, 중얼거리는 것 같은, 그런 말투였지만, 그 내용은 확실하게 이해할 수 있었다.

“세상을 구한다고?”

“무슨 말이야?”

나랑 오토와가 물었더니── 시이코는 휠체어를 반 바퀴 돌려서 우리 쪽을 봤다.

“구한다고 할까…… 이 멸망적인 상황을 『없었던 일』로 만들 수 있을지도 몰라.”

“……아니, 그러니까 무슨 말이냐고.”

뭐냐고 그 반칙 기술 같은 말은.

『없었던 일』로 만들다니, 그건 마치──

"키스는, 제1연구소에서 타임머신을 연구하고 있었어. 정확히 말하자면 키스는 과학자도 기술자도 아니니까, 타임머신 연구를 총괄하고 있었다고 하는 쪽이 맞지만."

"타임머신…………?!"

생각지도 못한 말에 나와 오토와가 얼어붙었다.

타임머신이라면 그거…… SF에 나오는 그건가. 책상 서랍 속에 있거나, 자동차 모양이거나, 시계 모양이기도 하고, 터널 모양도 있고…… 하는, 그거?

시간을 거슬러 올라가거나 도약해서 이동하는, 그거……?

"아쉽지만, 아마도 당신들이 상상하는 것과는 다를 거야."

시이코가 씁쓸하게 웃으면서 말했다.

"물리적으로 과거로 이동하는 건 무리. 하지만 정보를 과거에 보내는, 그 정도는 가능하다는 것을 알게 됐어."

"정보를…… 과거로 보내……?"

"몇 번인가 물질 전이도 실험해봤지만, 그다지 좋은 성과는 없었어. 그래서 시점을 바꿔서 물질 이외의 것…… 정보를 시간 이동시켜서, 에너지 보존 법칙의 법을 타파하려고 했거든."

그 뒤로 시이코가 말한 이야기에 의하면…….

기본적으로 우주에 존재하는 에너지의 총량은 정해져 있다.

그리고 질량도 최종적으로는 에너지로 환산할 수 있다.

그래서 만약 타임머신이 존재할 경우── 그리고 과거

로 거슬러 올라가 버린 경우, 과거로 간 사람이나 물질 만큼의 에너지가 현재에서 줄어들고 과거에서 늘어나게 된다. 그것은 물리 법칙에 모순된다. 하지만 정보라면…… 에너지를 지니지 않는 정보 그 자체라면 과거로 보낼 수 있지 않을까, 그렇게 생각한 사람이 노스리버 안에 있었다는 것 같다.

"그게 정말이라면 대단한데……."

쉽사리 믿기 힘든 이야기기는 하다.

하지만 실제로 이렇게 좀비가 돌아다니고 있는 상황이니, 그런 말도 안 되는 기술이 실현됐어도 이상하지 않을 것 같잖아? 라는 생각도 드는 게 참 신기하다.

"키스가 살아 있다면, 세상이 이렇게 되기 전으로 지금의 정보를 보내서, 이 참극을 막을 수 있을 지도 몰라. 그렇게 되면……."

세상을 구할 수 있다는 얘긴가.

"…………."

뭐야 이거. 뭐지 이── 감각은.

아아. 도저히 참을 수가 없다는 기분이, 이런 건가.

몸속에서── 뭔가가, 몸속 깊은 곳에서 부글부글 끓어오르고 있다.

그리고…….

『살아남아라. 세상을 되돌리기 위해서.』

예전에 게임 〈스트래글 필드〉의 NPC 레이븐히 했던 말이 머릿속에 떠올랐다.

단순한 게임 캐릭터에 불과할 텐데, 레이븐은 우리가 처해 있는 상황을 알고 있는 것 같은 말을 했고, 나한테 『동료를 모아서 새로운 캠페인 시나리오를 클리어해라』 같은 말까지 했다.

나는 그것을 NPC로 위장한 누군가가 한 말이라고 생각하고 있었는데.

만약 레이븐이 말했던 『세상을 되돌린다』는 것이 이 타임머신에 도달하라는 의미였다면――

'……뭐야…… 대체…… 누구야……?!'

노스리버 사의 비밀 중의 비밀, 타임머신의 존재를 아는 데다 우리가 시이코와 만날 것까지 예상하고 나한테 시사했다는 뜻이 되는 게 아닐까.

하지만 그런 일이 가능한 사람이―― 과연 존재할까?

"……히로아키."

누가 내 이름을 불러서 옆을 봤더니, 오토와가 정신없이 눈을 깜박거리고 했다.

아마 오토와도 같은 생각이겠지.

새카만 어둠 속을 손으로 더듬으며 걸어가고 있었더니…… 갑자기, 아주 작은 빛이 보인 것 같은.

모르는 일, 의미를 알 수 없는 일들이 많다, 많지만, 그래도――
"오토와, 그 연구소에――."
"가야 해."
끝까지 묻기도 전에, 오토와가 그렇게 대답했다.
"정말로, 그런 꿈같은 기계가 존재하는지는―― 의문이지만."
그건 그럴지도 모른다.
하지만…… 그래도, 위협에서 도망치고, 도망치고, 도망치고, 계속 도망치는 것보다는 희망을 가질 수 있다.
그리고――
"시이코. 경비원 대기소에 무기가 있다고 했지."
"응……. 이 나라 법으로는 비합법인 것까지. 아마 아직도 있을 거야."
최첨단―― 군사기술로도 전용할 수 있는 것들을 잔뜩 다루는 연구를 하고 있으니, 노스리버는 민간기업치고는 이상할 정도로 경비가 엄중했다는 것 같다. 어쩌면 여기서 총기나 폭발물도 손에 넣을 수 있을지도 모른다.
여기까지 조건이 갖춰줬다면 도전해야만 하겠지.
좋건 나쁘건, 게이머의 피가 끓어올랐다.
"좋았어. 그럼 가자. 물론 시이코도 같이. 키스라는 사람을 만나러 가자!"
"…………."
내가 내민 손을, 시이코는 이상하다는 표정으로 쳐다봤

지만.

"……어…… 어쩔 수 없네."

시이코는 고개를 옆으로 팩, 돌리고는 그렇게 말했다.

●

무기질적인 방 안에서, 작은 전자음과 함께 단말 한 대가 혼자서 켜졌다.

전자기기를 냉각시키는 팬 소리만이 정숙 속에서 계속 울려댔다.

마침내 화면이 차례로 바뀌고—— 시이코의 얼굴 사진이 나타났다.

『카츠라 시이코 : 노스리버 재팬 제3연구소에서 액세스 확인.』

이어서 화면이 바뀌고 CCTV 영상이 표시됐다.

화면 구석에는 빨간 글자로 『LIVE』 표시가 깜박이고 있다.

『살아 있…… 면…… 세상…… 구해…… 도……!』

단말의 스피커를 통해서 잡음 섞인 선명하지 않은 목소리가, 아무도 없는 방 안에 울려 퍼졌다.

『세상이 이렇게 돼서…… 정보…… 이 참극……을 막…….』

시이코의 목소리와 함께, 화면 중앙에 『identified』라는 메시지가 표시됐다.

『ID 조회 완료, 영상 조회 완료, 성문 조회 완료…… 카츠라 시이코, 생존 확인.』

●

화장실 칸 안에 들어가서 전원을── ON.

오랜만에 켠 스마트폰으로 몇 번이나 본 화면을 표시했다.

게임 『스트래글 필드』의 공식 통합 정보 사이트.

아무래도 스마트폰의 처리 능력으로 VR FPS를 즐기는 건 무리지만, 플레이어가 게임 밖에서도 즐길 수 있도록 『스트래글 필드』 공식 홈페이지에서는 SNS 기능과 미니 게임 등의 다양한 서비스를 제공했다.

내 계정으로 로그인하면 그 안내 역할인 NPC 캐릭터…… 레이븐이 나와서 이런저런 새로운 정보를 알려준다. 물론 세상이 사실상 멸망한 현재, 새로운 정보가 업데이트 될 리가 없으니─ 새로 올라온 정보가 있을 리가 없다.

하지만…….

『어서 오십시오 〈하운드9〉.』

화면에 표시된 3D CG 캐릭터가 웃는 얼굴로 그렇게 말했다.

"오랜만이야, 라고 할 정도는 아닌가."

나는 레이븐의 어딘가 인형 같은 얼굴을 보면서 그렇게

말했다.

굳이 텍스트로 대사를 입력하지 않아도, 음성 인식 소프트웨어가 내 말을 문자로 변환해서 표시해준다. 평범한 대화와 큰 차이가 없다.

"캠페인 시나리오, 재미있게 하고 있어. 동료들을 모아서 협력 플레이하는 게 클리어의 열쇠라고 했지?"

『순조롭게 진행하고 계시는 것 같아서 다행입니다.』

"그래. 하지만 솔직히, 몇 가지 마음에 걸리는 게 있거든. 이대로 의문을 품은 채로 있으면 플레이에 지장이 생길 것 같아. 그래서 말인데, 레이븐이 몇 가지 가르쳐줬으면 싶어."

『제가 가르쳐드릴 수 있는 것이라면.』

"…………넌, 대체 뭐야?"

제일 먼저, 노골적인 질문을 했다.

『스트래글 필드』 공식 홈페이지의 마스코트 캐릭터…… 그건 맞는데, 그것뿐일 리가 없다. 이 녀석은 나를 개별적으로 인식하고 있다. 인식한 상태에서 나를── 아주 빙 돌아가는 방법으로 도와주고 있다.

주의하라고 하고. 희망을 제시하고.

이 좀비가 넘쳐나는 세상에서 내가 살아남을 수 있도록 ── 그야말로 『살아남아라, 세상을 되돌리기 위해서』다. 시이코가 말한 대로 타임머신을 이용해서 세상을 되돌리는 게 가능하다면, 이 녀석은 틀림없이 그걸 알고 있다.

어째서? 이 녀석 배후에 누가 있는 거지?

"널 준비한 건 누구야? 뭘 위해서 널 준비하고 나한테 말을 걸었지?"

『그 건에 대해 대답할 권한은, 지금의 저에게는 없습니다.』

레이븐은 그렇게 말했다.

『제가, 당신에 대한 간섭은 치밀한 계산에 의해, 사전에 정해져 있습니다. 경솔한 간섭이 계획을 파탄으로 이끌 가능성이 있기 때문입니다. 따라서 지금은 저를 믿어주십시오, 라고 밖에 말할 수 없습니다.』

"뭐야 그게……."

이건 대답을 안 한 거나 마찬가지잖아.

"넌…… 그, 배후에서 리얼타임으로 말하고 있는 누군가가 있는 거야? 아니면 프로그램이야?"

『…………』

애매한 미소를 지은 채 아무 말도 없는 레이븐.

이것도 권한이 없다는── 그런 뜻인가.

"그럼 하나만 더, 이것만은 꼭 대답해줘. 넌 내── 우리 편이지? 함정 같은 게 아니라?"

알고 있다. 바보 같은 질문이라는 건.

레이븐이 적이고 전부 함정이라면 오히려 『같은 편입니다』라고 대답하겠지.

레이븐이 같은 편이고 함정이 아니라면 더더욱 『같은 편입니다』라고 대답하겠지.

어느 쪽이건 답은 마찬가지다.

하지만――

『딱 하나, 전해달라는 말을 부탁받았습니다.』

레이븐이 말했다.

"전해달라고? 누가?"

『읽겠습니다.』

그렇게 말하고, 레이븐은 잠시 눈을 감았다 뜨고는――

『사랑해. 꼭 살아남아 줘, 히로아키.』

"…………뭐?"

뭐라고?

뜬금없는, 너무나 뜬금없는 말에 당황해서――

"――어?!"

내가 당황하는 사이에 화면이 까매졌고, 어느새 스마트폰 화면에는『이 사이트는 표시할 수 없습니다』라고 떠 있었다. 사이트 서버가 죽은 걸까, 아니면 서버에 있는 데이터가 지워진 걸까.

새로 고침을 해봐도 같은 화면이었다.

"…….뭐야, 뭐야, 뭐야."

대체 뭐냐고. 누구냐고. 영문을 모르겠네.

하지만――

"그런 말 안 해도 살아남을 생각이야. 어디에 누군지는, 모르겠지만."

스마트폰 전원을 끄면서, 한숨과 함께 그렇게 말했다.

●

"——자, 가볼까."

나는 손에 들고 있는 새 무기를 몇 번이나 쥐어보고 그 감촉을 확인하면서 말했다.

시이코의 ID 카드로 꼭대기 층에 있는 경비원 대기소 부속 창고를 뒤져봤더니…… 생각했던 이상의 무기를 손에 넣었다.

브뤼거&토멧 MP9 기관단총.

군용, 경찰용으로 개발된 소형 기관단총…… 말할 필요도 없이, 우리나라에서 일개 민간 기업의 경비원이 장비할 수 있을 리가 없는 물론이다. 물론 전자동 발사가 가능하다는 점에서 보면, 미국 같은 데서도 경비원이 사용하기에는 과도한 물건이다.

역시나 최첨단 기술을 연구하는 회사라니까. 평소 같았으면 밀리터리 오타쿠인 나도 완전히 질려버렸겠지만, 지금은 정말 고마울 따름이다.

나는 대기소에 있던 배낭에 9mm 탄약과 예비 탄창을 넣을 수 있는 만큼 집어넣고, 양손에 MP9을 들었다. 참고로 MP9은 소형 무배율 광학 조준기, 레이저 조준기까지 달린 호화 사양이다. 소위 말하는 풀 옵션이라고 해야겠지. 그렇게 해서——

"준비 완료."

이쪽은 평소대로 애용하는 삽을 들고 있는 오토와가 말했다. 오토와한테도 MP9을 줄까 싶었지만, 익숙하지 않은 총기를 갑자기 사용해봤자 제대로 다룰 수 있을지 모르는 일이니까, 두 자루 모두 내가 쓰기로 했다.

"저기, 잠깐만, 진심이야?"

그렇게 물은 사람은—— 시이코다.

"이제 와서 겁먹은 거야?"

"그…… 그건, 아니, 지만."

약간 삐친 것처럼 말하는 시이코가 귀엽다.

하지만 겁을 먹었어도 후회해도, 이미 늦었다. 지금 우리가 탄 엘리베이터는 1층을 향해 내려가는 중. 이것도 시이코의 ID 카드를 썼더니 간단히 작동했다.

"3…… 2…… 1……."

나는 엘리베이터 안에 있는 층 표시를 소리 내서 읽었다.

지옥으로 떨어지는 카운트다운이다.

그리고——

"——돌격!"

큰소리로 외치고, 나와 오토와, 시이코는 열린 엘리베이터 문밖으로 뛰쳐나왔다.

바로 앞에서 불쑥 튀어나온 좀비의 머리를, 오토와가 삽으로 깔끔하게 참수. 굴러떨어진 머리, 조금 늦게 쓰러지는 몸통, 그런 것들을 곁눈질로 보면서, 나는 내 몸으로 시이코의 휠체어를 밀면서 전력 질주했다.

시이코의 휠체어는 전동이지만, 안전 문제 때문에 속도가 느리다. 가능한 빨리 1층을 가로질러 출구로 가려면 힘으로 미는 게 더 빠르다. 이 휠체어, 대형 배터리가 실려 있어서 엄청나게 무겁지만.

소리일까, 냄새일까, 다른 뭔가 때문일까.

어쨌거나 우리의 존재가 1층에 잔뜩 남아 있던 좀비들을 자극한 것 같다.

우글우글, 이미 돌아다니던 놈들도, 그리고 으슥한 데서 『휴면 상태』에 들어가 있던 놈들도, 일제히 우리를 향해 걸어왔다. 그 숫자는 하나, 둘, 셋, 넷, 다섯── 그러니까, 많다. 저걸 어떻게 다 세고 앉아 있어!

"…………!"

밀려오는 죽은 자들 무리를 보고, 시이코가 자기도 모르게 눈을 감고 몸을 움츠렸다.

"귀 막아! 오토와! 슬라이딩!"

그렇게 말하고── 앞에서 달려가는 오토와가 몸을 숙인 걸 확인하고는 양손에 쥔 MP9의 방아쇠를 당겼다. 초당 15발이나 발사되는 9mm 탄환이 비처럼 쏟아지면서, 우리 진로 상에 있는 좀비들에게── 앞서가는 오토와가 미끼가 돼서 끌어들인 좀비 집단을 향해 날아갔다.

휠체어를 밀면서 쐈기 때문에, 대부분 머리가 아니라 가슴에 맞았지만…… 한 번에 서너 발이 명중하면, 아무래도 썩어가던 몸이 크게 파손되면서 자세가 무너졌다.

그렇게 해서 움직임이 멈췄을 때, 오토와가 슬라이딩하면서 사벨로 정강이를 후려쳐서 한 번에 여럿을 넘어트렸다.

"하핫!"

나도 모르게 환호성을 지르고 있었다. 미리 얘기를 해두기는 했지만, 멋지게 연계가 들어가면 역시 기분이 좋다. 호흡이 척척 맞는다는 건 이런 걸 뜻하는 말이겠지.

"뭐야…… 너희들?!"

시이코가 소리쳤지만── 아직 놀라긴 일러. 진짜는 지금부터라고.

바닥을 미끄러진 오토와가, 벽 앞에서 한 바퀴 구르고 일어났다.

거기에 좌우에서 몰려드는 좀비들── 하지만.

"──?!"

시이코가 깜짝 놀랐다.

미리 계산했다는 것처럼, 정면 현관의 강화유리를 범퍼에 달린 프론트 가드로 때려 부수고 알갱이 모양의 유리 파편을 뿌리면서 달려 들어온 것은── 우리의 벤츠 G클래스.

"히로아키!"

그렇게 외친 사람은 말할 필요도 없이 또 한 사람의 파트너, 시노였다.

시노는 깔끔하고 빠른 동작으로 라이플 탄을 장전, 교범에 실려야 할 것 같은 원샥 원킬로 좀비들을 구축해나갔다. 벤츠 운전은 우에무라 씨한테 맡겼는데, 돌입 타이밍은 〈스트래글 필드〉에서 몇 번이나 나와 콤비를 짰던 시노가 판단했다. 이것도 호흡이 척척 맞았다.

넓은 현관홀에서 타이어 쓸리는 소리를 울리며, 커다란 몸집에 어울리지 않게 민첩한 움직임으로 빙글 회전해서 엉덩이를 이쪽으로 들이대는 G클래스. 일단 차 안으로 들어간 시노가 뒤쪽 문을 연 것을 확인하고, 나는 휠체어에 앉아 있는 시이코를 안아 들어서——

"부탁해!"

"아, 저기—— 뭐……."

——던졌다.

체중이 가벼운 시이코는 그대로 G클래스 차 안으로 들어갔고, 시노가 받아줬다.

"OK!"

소리치자마자 맹렬한 기세로 다시 고개를 돌리는 G클래스. 그 반동으로 문이 알아서 닫히고, 시이코를 그 안쪽에 보호한 덩치는 대량의 유리 알갱이를 날리면서 다시 건물 밖으로 탈출.

"——히로아키!"

달려온 오토와가 내 옆에 붙어줬다.

내가 시이코랑 같이 G클래스로 뛰어들지 않은 건, 시이코의 휠체어를 두고 갈 수 없기 때문이다. 사실상 시이코의 『다리』인 이 휠체어는, 앞으로 같이 활동할 때 꼭 필요하니까. 이게 없으면 시이코가 또 자신을 『짐 덩어리』네 뭐네 하면서 비하할 테니까. 이건 오토와와 시노, 우에무라 씨한테도 사전에 통신기로 연락해서 얘기를 다 해둔 일이다.

하지만――

"너도 같이 타고 먼저 도망치지 그랬어."

다시 다가오는 좀비들을 둘러보며 씁쓸하게 웃는 나.

"히로아키 파트너니까."

그렇게 말하고―― 원래 주인이 없어져서 빈자리가 된 휠체어에 앉는 오토와.

뭐 하는 거야, 라는 질문은 하지 않는다. 그야말로 이런 상황에서 오토와가 생각하는 것 정도는, 일일이 말하지 않아도 알 수 있으니까.

"그럼, 달려볼까."

"――응."

휠체어에 앉은 오토와가 삽을 드는 걸 확인, 나는 G클래스가 뚫어놓은 구멍을 향해, 휠체어를 밀면서 달린다. 오토와가 시이코보다는 무겁지만, 그래도 감싸줄 필요가 없는 만큼 휠체어를 미는 데 집중할 수 있다.

"좋아쓰어어어어어어어어!"

소리치며, 나는―― 우리는 달려나갔다.

다가오는 시체들을 오토와가 삽을 휘둘러서 쓰러트리고,

쓰러지지 않은 놈은 내가 MP9으로 총탄을 퍼부으면서, 말 그대로 혈로를 뚫었다. 많이 시커멓고 탁한 혈로지만.

우리는 마치 한 대의 전차, 아니, 불도저처럼 죽은 자들 무리를 헤치고 연구소 밖으로 탈출했다 이런 말 하기는 그렇지만, 이 일체감, 연대감이, 왠지, 즐겁다.

그리고——

"자, 선물이다!"

그렇게 말하면서 뒤를 돌아서—— 허리에 차고 있던 수류탄 핀을 뽑고, 언더 드로. 딸그랑 딸그랑, 얼빠진 소리를 내면서 굴러간 폭발물은, 잠깐 침묵한 뒤에 모여 있던 좀비들 한복판에서 작렬했다.

굉음과 함께 피어오르는 연기와 불꽃. 그나마 남아 있던 강화유리도 전부 알갱이가 돼서 날아가고, 우리는 그 폭음과 충격에 등을 떠밀린 것처럼 계속 달려갔다.

합류 지점은 전에 있던 섬이다. 거리는 그다지 멀지 않다.

"조금만 더 힘내자고."

"알았어."

폭발에 말려들지 않은 좀비 몇이 비틀거리면서 건물 밖으로 나오는 걸 흘끗 보며, 우리는 노스리버 제4연구소 부지에서 탈출했다.

제 2 장　Z 그 너머

우리가 탄 벤츠 G클래스는 새로운 목적지를 향해 달려가고 있다.

노스리버 일본지부 제1연구소.

거기에 있다는『타임머신』으로 세상을 되돌리기 위해.

"그나저나 정말 놀랐네요……."

뒷좌석에 있는 시노가 말했다.

"타임머신이라니……."

시노와 오토와 사이에는 시이코가 앉아 있다.

참고로 휠체어는 G클래스의 지붕 위에 있는 캐리어에 와이어로 고정하고 비닐 시트를 씌워뒀다. 아무래도 차 안에는 그걸 실을 만한 공간이 없으니까.

"히로아키랑 오토와한테도 말했지만."

오토와랑 시노 사이에 낀 시이코가 어깨를 움츠리면서 말했다.

제일 체격이 작은 시이코는, 이러고 있으면 제 나이 또래의 귀여운 여자아이처럼 보인다. 알맹이는 우리 같은 사람은 기초 이론조차 이해하기 힘든 최첨단 과학을 다루는 천재 과학자지만.

"어떤 만화처럼 그걸 타고 과거로 갈 수 있는 건 아니야. 어디까지나 정보만 과거로 보낼 뿐이고. 하지만 그걸 이용하면 경고를 보낼 수 있어. 일반적인 사람들은 안 믿을지도 모르지만, 노스리버 사람이라면……."

"저는 그런 부류의 이야기는 문외한이라고 할까, 잘은 모릅니다만.'

우에무라 씨가 G클래스를 운전하면서 말했다.

"즉, 과거를 바꿀 수 있다는 말씀이신가요?"

"그렇게 되지."

"그렇다면 지금 현재, 이렇게 있는 저희는 어떻게 될까요?"

"…………몰라."

그리고── 짧은 침묵이 지나고, 시이코가 대답했다.

"가능성을 생각해보자면, 세계의 존재 방식이 덮어 씌워지면서 아무것도 모르는 채 평온하게 살 수 있게 될 수도 있고, 정보를 과거로 보내면서 좀비 발생 자체를 막을 수 있을지도 몰라. 전에 했던 실험에서는 중간 과정이 바뀌기는 했지만, 결국 같은 결과에 도달했다고 했어."

"그러면 소용없는 일이 아닌가요?"

"현재에서 보낸 정보로 과거를 바꿔서, 현재에서 『정보를 보냈다』는 사실까지 없애버리면 직접적인 인과관계에 모순이 발생해. 그래서 좀비 참사 자체는 바꿀 수 없을 가능성이 커. 하지만 정보를 보냈다는 사실과 모순되지 않는 범위 내에서 『개선』할 수 있을 가능성은 존재해. 구체적으로 말하자면── 그래, 예를 들어서 정보를 보낸 순간에 좀비가 없어진다든지?"

아무래도 그런 부분은 시이코도 잘 모르는지, 약간 자신감이 부족한 말투다.

한마디로 인과관계가 단절되면서 과거라는 『근거』를 잃게 되고, 좀비가 단순한 시체로 돌아가는 건 아닐까, 그렇게 예상하고 있는 것 같다.

단지——

"죽은 사람이 다시 살아날 가능성은…… 없겠죠."

그렇게—— 발밑에 있는 하드케이스를 보면서, 시노가 조용히 중얼거리는 것처럼 말했다.

"맞아. 그건…… 없겠지, 아마도."

시이코도 자기 무릎께를 보면서 그렇게 대답했다

"있다고 해도, 아마도, 그건 우리가 인식할 수 없는 평행세계의 일이 될 거야. 미래가 분기하면서 모순을 흡수한다는 사고방식이지. 이 경우에는…… 우리의 세계는 그대로 남게 될지도 모르지만."

"……음…… 모르겠네."

난 솔직하게 고백했다.

"한마디로, 우리가 갑자기 알게 되기 전의 남이 돼버리고, 전부 잊어버리는 일은 없다는 뜻인가? 하지만 좀비만 깔끔하게 사라진다든지, 그 뒤에는 더 좋은 상황으로 달라진다는, 그런……?"

"아마도. 생존자의 노력에 따라서, 인류가 부흥하게 될 수도 있을 테고."

"인류 부흥이라…… 힘들 것 같네."

"……남의 일처럼 말하는데 말이야."

"다른 생존자가 없다면, 우리가 해야 하는 거야. 그걸."

"뭐? 아── 뭐, 그렇게, 되나?"

인류 부흥이라고 해도 대체 뭘 해야 하는 건지.

우리 말고 다른 생존자도 있다면, 그런 사람들과 합류하기 위해 여기저기 돌아다녀야 하려나. 아…… 그 전에 원자로 노심 융해부터 막아야 하나? 그런데 전국에 원전이 몇 기나 있지? 그리고 우리 같은 사람들이 어떻게 할 수 있는 건가?

"하지만, 그렇게 되면……."

갑자기 뭔가가 생각났다는 것처럼, 시노가 고개를 갸웃거렸다.

"저희 중에 누군가가…… 그러니까…… 새, 새로운 세상이 아담과 이브가 돼야 한다는 말인가요?

그렇게 말하는 시노의 볼이 왠지 빨갛다. 아담과 이브? 인류 창세? 그런데, 그건…….

"누군가고 뭐고, 선택지는 넷밖에 없잖아."

시이코가 말했다.

"넷 인가요?"

"남자 하나, 여자 넷. 조합 패턴은 네 가지."

시이코는 나, 우에무라 씨, 시노, 자신, 오토와를 순서대로 가리키면서, 뭔가 재미없다는 투로 말했다.

"저, 저기 두 사람 말이야……?"

자자자자자잠깐! 잠깐마아아안?!

“무, 무슨 소리를 하는 거야……?”

“뭐긴요…… 누군가 히로아키와 부부가 될지에 대한 이야기인데요.”

창피한지 고개를 숙이며 말하는 시노.

시이코가 보란 듯이 엄지손가락 하나만 굽힌 손을 들었다.

“일단 우에무라 씨, 시노, 나, 오토와, 이 네 가지 미래가 있는데.”

“대체 무슨 소리냐고?!”

그렇게 항의하는 건 나 혼자뿐이고, 우에무라 씨는 씁쓸하게 웃고 있고, 시노는 얼굴이 빨개져서 고개를 숙였고, 오토와는── 뭐 평소랑 똑같네.

“아. 그런데 시이코 양, 시이코 양도 선택지에서 빼야…….”

시노가 갑자기 생각났다는 것처럼 말했다.

“왜?”

“우리나라 법에 의하면, 시이코 양 나이에서는 결혼을 못 하거든요?”

“그건 정치나 사회가 제대로 돌아갈 때에나 적용되는 거잖아? 지금은 상관없어.”

“하…… 하긴, 그러네요…….”

“무엇보다 히로아키가 『넌 내 거야』라고 선언했고.”

또 그 얘기를 꺼내는 시이코.

"이건 프러포즈나 마찬가지잖아."

"세상에, 대체 어느새?!"

깜짝 놀라는 시노. 아니, 진지하게 받아들이지 않아도 되거든.

"나…… 나는, 물론, 싫지만, 싫기는 한데, 뭐, 정 어쩔 수 없다고 한다면……."

그리고 시이코는 시이코대로 얼굴이 빨개져서 엉뚱한 곳을 보며—— 잠깐. 아니, 그러니까, 나만 빼놓고 대체 무슨 소리를 하는 거냐고, 당신들.

"그런데 그 경우…… 대전제가 무너질 가능성."

갑자기, 오토와가 집게손가락을 세워 보이면서 대화에 끼어들었다.

"법률이 작용하지 않는 이상, 중혼도 죄가 되지 않아. 아니, 혼인제도가 성립되지 않아."

갑자기 입을 다문 시노와 시이코.

잠시 부자연스러운 침묵이 차 안에 감돌았고, 자동차 엔진 소리만이 울렸지만——

"……뭐, 인류 재생을 생각한다면 유전자의 다양성이 필요하니까, 일부다처는 필수겠지……."

시이코는 팔짱을 끼고 신음하는 것처럼 말했다.

"하지만 하렘이라니. 사람으로서 좀 그렇지 않나."

"히로아키. 변태."

"히로아키—— 어째서 그런……."

그렇게 시이코, 오토와, 시노가 각각 나한테 한마디씩 했는데.

나?! 내가 뭘 어쨌다고?!

"후후. 히로아키 님, 인기 좋으시군요."

아니, 우에무라 씨도 웃지 말고 어떻게 좀 해보세요!

잘못한 건 하나도 없는데, 어느새 내가 중혼을 시도하는 나쁜 놈이 돼버렸다. 솔직히 말해서 머리를 쥐어뜯고 싶은 심정이다.

하지만——

'……타임머신이라…….

그게 정말로 세상을 구할 수 있는지, 전부 되돌릴 수 있는지.

자세한 건 나도 모르겠지만—— 그건 틀림없이, 지금의 우리에게는 희망이고.

실제로 이렇게 바보 같은 이야기를 하고 있는 소녀들은 왠지 즐거워 보이고, 우에무라 씨도 조금 전부터 계속 미소를 짓고 있다.

절망이 사람을 죽인다고 한다. 그렇다면 희망은 사람을 살게 해주는 것이다.

그것이—— 아무리 불확실하고 애매한 것이라고 해도, 어둠 속에 밝혀진 잣은 빛이 있다면, 사람은 그곳을 향해 나아갈 수 있다.

그 사실을, 나는 뼈저리게 실감하고 있다.

●

시내에서 많이 떨어진 산간부에, 그 시설은 마치 숨겨진 것처럼 조용히 세워져 있었다.

노스리버 재팬── 제1연구소.

큰길에서도 멀리 떨어진, 사유지에 있는 도로를 30분 정도 이동해야 나오는 그 건물은 산비탈을 따라 세워져 있었는데, 그 탓인지 규모는 크지만 높이는 그다지 높지 않았다. 그래서 숲 저쪽에 있는 도로에서는 그 존재도 알아볼 수가 없었다.

그 존재를 모르는 사람이 길을 잃고 들어올 수 있는 곳이 아니다.

하지만…… 거기서 일하던 사람들은 많았던 것 같다.

주위에는 다수의 『걸어 다니는 죽은 자』들이 배회하고 있었다. 흰 가운을 입은 자, 파란 경비복을 입은 자, 남녀노소가 정말 다양하지만, 하나같이 이른 시기에 좀비가 됐는지 전부 썩은 냄새가 상당히 심했다.

대부분이 한 걸음 걸을 때마다 온몸에 붙어 있던 수많은 파리가 날아올랐다가 다시 달라붙는 그런 상태라서, 시커멓고 꿈틀거리는 피부를 뒤집어쓴 것처럼 보일 지경이었다.

어지간해서는 똑바로 쳐다볼 수도 없는 광경이다.

하지만──

"장애물을 확인. 총수…… 약 40명. 아마도 관계자 같아."

어둠 속에 숨어서 일정 거리를 두고 그 건물을—— 그리고 주위에 배회하는 『걸어 다니는 죽은 자』들을 관찰하는 사람들이 있었다.

하나같이 다부지게 보이는 몸에 위장복을 입었고, 다기능 베스트와 관절 보호대를 착용한 데다가 어깨에는 총을 메고 있다. 군인이나 그에 준하는 입장인 사람들이겠지.

하지만…… 그 장비는 한눈에 봐도 자위대 것이 아니었다.

주무장은 H&K UMP—— 45구경 탄약을 사용하는 기관단총이다.

원래 특수부대에 공급하기 위해 개발된 총으로, 일반적인 전장이 아니라 파괴공작이나 대테러 등의 상황에서 사용하는 것을 상정한 물건이다. 기관단총 탄약의 주류인 9mm 초음속 파라벨럼 탄이 아니라 그것보다 구경이 더 큰, 그러면서도 아음속인 탄약을 사용한다는 것은 일격필살, 그리고 소음기의 효과를 기대한다는 뜻이다.

대 좀비 전투라는 의미에서는 적절한 선택이라고 할 수 있다.

그렇다. 이 남자들은 딱 봐도 좀비와 싸우는 것을 상정한 장비를 선택했다. 그 증거로 관절 부분은 물론이고 물리기 쉬운 손과 발, 그리고 목까지 강화수지로 만든 프로텍터를 착용했다.

“잘 들어라, 목표는 이 시설 가장 깊은 곳에 있다.”

부대 지휘관으로 보이는 남자가 가슴에 고정한 통신기에 대고 그렇게 말했다.

“찾아내서 확보하는 것이 이번 작전의 최우선 사항이다. 좀비는 전부 사살해도 좋다.”

담담하게 작전 내용을 확인하는 목소리에, 남자들은 말없이 고개를 끄덕였다.

그리고——

푸슝. 푸슝. 푸슝. 푸슝. 푸슝.

남자들이 손에 들고 있는 UMP 기관단총이 총소리라고 하기에는 너무 작고 웅얼거리는 것 같은 소리를 냈다.

동시에 그 총구에서 튀어나온 탄환이 연구소 주변을 배회하는 좀비들을 향해 쏟아졌다.

좀비는 총소리 같은 큰 소리에 반응하지만, 거리가 떨어진데다 소음기까지 사용한 사격이다 보니 전혀 반응하지 않았다.

대부분의 좀비는 순식간에 45구경 탄두에 머리를 꿰뚫렸고, 그 자리에 쓰러졌다.

『남쪽 정면 현관, 클리어!』

『동문, 클리어!』

『북문, 클리어!』

그 보고를 들은 지휘관이 숲에서 뛰쳐나와 곧장 정면 현관 쪽으로 향했다.

중간에 쓰러트리지 못한 좀비들이 우글우글 몰려왔지만, 남자들은 정확히 이마를 쏴서 침묵시키고 간단히 정면 현관에 도달했다.

“장애물 전멸. 다음 단계로 이행한다.”

가슴 주머니에서 보안 카드키를 꺼내서 벽에 있는 카드리더기에 댔다. 만에 하나 경비 시스템에 손을 썼을 가능성도 생각해서, 현관 돌파용 폭약까지 준비했지만— 정면 현관의 셔터는 작은 구동음과 함께 위로 올라갔다

문제없다. 순조롭다.

지휘관은 그렇게 생각했을 것이다—— 하지만.

“이봐? 브라보, 찰리? 응답하라.”

동문과 북문을 공략하러 간 부하가…… 반응이 없다. 아니, 게다가 그들을 따라간 부하들도 보이지 않는다.

“이봐?!”

다시 통신기를 통해서 부른 순간— 어둠의 장막이 내려온 숲속에서, 희미한 빛이 몇 번인가 깜박거리는 것이 보였다. 총구 화염. 낮에는 거의 보이지도 않지만, 밤이 되면 소음기를 장착해도 희미하게 보인다.

그리고——

끄아아아아아아아아악?!

단말마라고밖에 생각할 수 없는 비명소리가 울렸다.

"뭐야?! 무슨 일이야?!"

다시 묻는 지휘관.

통신기에서—— 기적적으로, 부하의 고함소리가 들려온 것은 그다음 순간이었다.

『알파1, 좀비다……! 말도 안 돼, 이거 정말 좀비 맞아?! 이, 이게—— 젠장, 오지 마! 오지 말라고!』

총소리보다 훨씬 요란하게 울려 퍼지는 부하의 고함소리.

그리고—— 폭음이 울렸다.

"?! 바보짓을……!"

부풀어 오르는 불꽃을 보며, 지휘관이 신음했다.

아마도—— 누군가의 공격을 받은 부하들이, 착란을 일으켜서 돌입용 폭약을 쓴 것 같다.

큰일이다. 지금 그 소리 때문에 큰길 쪽에 있는 좀비들까지 불러들일 가능성이 발생했다.

작전 수행을 서둘러야 할 것이다. 『목표』를 가지고 나오는 것까지는 무리겠지만, 일단 확인하는 정도라면 혼자서도 충분히 가능할 것이다—— 그렇게 생각하며, 지휘관 사내는 건물 안으로 들어가려고——

"——?!"

고개를 돌린 것은, 거의 감에 의한 행동이었다.

어느새!? 그렇게 생각할 수밖에 없을 정도로, 그것이, 뜬금없이, 남자의 바로 뒤에 서 있었다. 움직임이 느린 시체 놈들이 이런 짓을 할 수 있을 리가 없다—— 없는데, 하지만, 그것은 틀림없는 좀비였다.

온몸이 썩고, 문드러졌고, 살아 있을 때의 얼굴을 알아볼 수도 없다. 그냥 사람 모양을 하고 있을 뿐이고—— 단지, 그 눈에 해당하는 부분에서, 발간 불빛 두 개가 빛나고 있다는 것만은 확인할 수 있었다.

'좀비—— 인가?!'

움직이는 동물, 알기 쉬운 예를 들자면 개나 고양이 같은 동물의 눈에는 안구 안쪽의 망막과 겹쳐지는 것처럼 휘판(輝板)이라고 불리는 조직이 존재한다. 적은 빛이라도 반사증폭하기 위한 것인데, 개나 고양이의 눈이 어둠 속에서 빛나는 것처럼 보이는 건 이 휘판이 있기 때문이다.

하지만 인간에게는 그런 조직이 존재하지 않는다.

원래는 인간이었던 좀비에게도 존재할 리가 없고——

"쳇——."

혀를 차며, 남자는 UMP 기관단총을 연사했다.

겨우 1초 만에 열 발이나 되는 탄환이 발사됐고, 대부분이 좀비의 상반신에 착탄했다. 대구경에다 소프트 포인트 탄두다. 아픔을 느끼지 않는 좀비라고 해도 머리나 목이 크게 파괴되고 그 자리에 쓰러——

"……뭐?"

──졌어야 했다.

하지만 그 좀비는 태연하게 서 있다.

분명히 탄환은 명중했다. 부패한 살점이 튀는 것도 보였다.

그런데 좀비는 쓰러지지 않는다.

"어…… 어째서……?!"

남자는 남은 탄환을 전부 좀비에게 때려 박았지만── 역시 쓰러지지 않는다. 순식간에 탄약이 다 떨어졌는데, 좀비는 그걸 기다렸다는 듯이 남자를 향해 발을 내디뎠다. 남자는 당황해서 탄창을 교체하려고, 전투용 조끼에서 예비 탄창을 꺼내──

"──?!"

땅을 박차고, 순식간에 거리를 좁힌 좀비의 손이 남자의 손을, 예비 탄창과 함께 움켜쥐었다. 말도 안 돼. 이상할 정도의 반응속도다.

"크…… 아아……."

딱딱한 것이 부서지는 소리와 동시에, 예비 탄창이 부서져 버렸다. 남자의 손과 함께 박살난 강화수지 탄창에서 45ACP 탄이 후두둑── 피와 함께 떨어졌다.

그리고──

"끄아아아아아악?!"

팔에 착용한 강화수지 보호대와 함께, 좀비에게 물리며,

남자는 절규했다.

●

노스리버의 연구소는 전국 각지에 흩어져 있다고 한다.

북쪽으로는 홋카이도에서 남쪽으로는 오키나와까지——정말로 전국 규모다.

그래서 당장의 목표인 제1연구소가 같은 혼슈에 있는 것만 해도 행운이었다. 큐슈나 시코쿠, 홋카이도도 다리나 터널을 이용해서 어떻게든 갈 수 있을지도 모르지만, 이 상황에서 그런 곳들을 지나갈 수 있을지도 모르는 일이고, 오키나와까지 가면 도저히 방법이 없다.

방치돼 있던 차에서 휘발유를 빼서 차에 채워 넣으며, 우리는 거의 24시간 이동 태세로 목적지를 향해 갔다.

당연히——

"운전…… 할 수 있구나."

"할 수 있다고 했잖아."

조수석에 있는 오토와를 흘끗 보며, 그렇게 대답했다.

앞 유리 너머에 비치는 것은 가로등이 드문드문 켜진 밤의 도로다. 맞은편에서 자동차가 오는 일도 없으니, 나는 사양하지 않고 상향등을 켠 채로 G클래스를 몰고 있다. 전조등 빛이 밤의 국도 풍경을 어둠 속에서 도려낸 것처럼 죽죽 흘러가는데…… 뭔가 신기한 느낌이었다.

“뭐, FPS에서 몇 번인가 해봤으니까. 하지만 진짜 차를 운전하는 건 이번이 처음이거든. 그러니까 너무 기대하지는 말고.”

“안 해.”

“아, 그러세요.”

참고로 우에무라 씨는 시노, 시이코와 함께 뒷좌석에서 자고 있다. 만약의 사태에 대비해서 나도 이 G클래스의 운전에 익숙해지는 게 좋다는── 그런 이유로, 교대 요원도 겸해서 도로 연수를 하고 있는 중이다.

하지만…… 지도를 봤을 때, 제1연구소까지는 그냥 이 길만 따라가면 되는 것 같다. 좀비도 살아 있는 사람도, 내가 핸들을 쥔 뒤로는 한 번도 못 봤다.

이대로 아무 일도 없이 연구소에 도착하면 좋을 텐데.

“왠지, 이러고 있으니까──.”

하지만 계속 달리기만 하는 것도 왠지 따분했다.

나는 오토와랑 시시한 이야기를 하면서 잠기운을 쫓아내려고 했다.

“밤에, 드라이브 하는 것 같은 기분이 드네.”

……말하자마자 후회했다. 무슨 바보도 아니고. 이건 마치 작업 거는 멘트 같잖아.

“아니었어?”

오토와가 고개를 갸웃거렸다.

“아…… 아니, 그건 맞는데 말이야?”

분명히 밤에 차를 드라이브 하고 있기는 한데 말이지?

내가 말한 건 그런 뜻이 아니라, 드라이브 데이트 같은…… 아니 뭐, 실수했다고 후회할 정도였으니까, 오토와가 알아차리지 못한 게 다행이라고 생각해야겠지.

이 녀석, 이런 데는 정말 둔하다니까. 뭐, 그게 귀엽기도 하지만.

"그나저나 희망이 생기니까 정말 좋네."

그게 아무리 작은 희망이라도.

어디가 앞이고 어디가 뒤인지도 모르는 상태에서 어둠 속을 기어 다니는 것보다는 훨씬 낫지.

"……맞아."

하지만── 오토와의 말투는 약간 어두웠다

뭐, 나 말고는 구별하지도 못할 정도의 차이지만.

"뭐야. 기분이 별로야?"

"난 항상, 이래."

"그렇게 말하고, 오토와는 똑바로 앞을── 어둠을 바라봤다.

"예전부터, 이랬어."

덧붙인 것 같은 말에서 뭔가 의미심장한 것 같은 느낌을 받았다.

항상 이런 오토와. 예전부터 이래왔던 오토와.

좀비 마니아에 감정 표현이 부족하고, 이상한 사람 취급받으며 자라왔기 때문에── 그래서 이런 좀비 참사 속에서도 이렇게 씩씩하게 살아갈 수 있는 오토와.

내 파트너. 내 생명의 은인. 하지만──

"아, 혹시 좀비 마니아인 네 입장에서 보면, 지금 이 세상이 더 좋은 거야?"

나는 최대한, 가벼운 말투로 그렇게 물었다.

설마── 그럴 리는 없겠지만.

오토와가 『이 좀비가 활보한 세상이라서 내가 빛날 수 있어』라고 생각하고 있다면……? 타임머신을 사용한 결과가 어떻게 될지는 잘 모르겠지만, 이 좀비가 당연하다는 듯이 활보하는 세상이 없어지면── 오토와는, 어떻게 될까? 좀비 마니아니까, 역시 24시간 집안에 틀어박혀서 영화를 보거나, 무기를 만들거나 하려나?

"사실은 세상을 구하고 싶지 않다든지?"

"그럴지도."

오토와는 태연하게 대답했다.

이봐, 뭐야 그게…….

'그러고 보니 나, 세상이 이렇게 되기 전의 오토와에 대해서 아무것도 모르네.'

가족 이야기는 잠깐 했지만.

어디 살았고, 어느 학교에 다녔고, 어떤 친구가 있었는지 없었는지. 좀비 말고 무슨 취미가 있었는지, 좋아하는 음식은 뭔지, 좋아하는 동물은 뭔지. 그런─ 무난한, 평범한 생활을 하면 당연히 생기는 것들에 대해서.

“……앞에 똑바로 보고 운전해.”

“뭐?! 아니, 보고 있어, 보고 있다고!”

눈은 앞을 보고 있지만, 정신이 옆에 있는 오토와한테가 있던 건 사실이다.

이런 데는 쓸데없이 민감하다니까. 정말 신기한 녀석이다.

‘하지만, 뭐 나도 예전의 나 자신을 알려주고 싶으냐고 묻는다면, 미묘하지만.’

아무리 핑계를 대봤자 결국은 방에 틀어박혀서 게임만 하고 살았다.

나야 재미있었지만, 세상 사람들이 봤을 때는 흔히 볼 수 없는 취미나 생활 형태가 아니라는 건 당연히 이해하고 있다. 특히 FPS는 아직까지도 오해받기 쉬운 취미다. 전쟁을 좋아한다, 사람 죽이는 걸 좋아한다, 그런 낙인이 찍히고—— 칭찬해 주는 건 같은 취미를 가진 사람들뿐.

어쩌면 이 세상이 끝나지 않았으면 싶다는 건, 나도 마찬가지인지도 모른다.

지금은 정말 충실하다. 아주. 살아 있다는 실감이 든다.

“저기, 오토와.”

“왜?”

“마지막 순간에 가서…… 방해하지 마라?”

“…….”

오토와는—— 무슨 소리야? 라고 묻지 않았다.

오토와는 한참 동안 말없이 앞만 보고 있었지만, 마침내 창가에 턱을 괴고── 짧은 한숨을 흘렸다. 별일이네. 이 녀석이 이렇게 우울해 보이는 『표정』을 보이다니.

"그래…… 나한테, 이 세상은 어떻게 보면, 이상향."

"……오토와."

"좀비 마니아라고 무시하지 않아. 오히려 히로아키도 시노 양도 우에무라 씨도 시이코도 내 의견을 존중해줘. 즐겁고 기뻐. 살아 있길 잘했다고 생각할 정도로."

말투는 담담하지만, 그건── 오토와의 마음속에서 짜내는 것 같은 고백이라는 걸 이해할 수 있었다. 정도 차이는 있어도 그건 나도 마찬가지니까.

"하지만, 이 이상형은 어차피 기간 한정."

"기간 한정? 무슨 뜻이야?"

"좀비물에서는 그다지 언급하지 않지만. 결국, 어떤 이유로 움직이던, 좀비라면 죽어서 썩어가니까 영원불멸은 아니야. 그리고, 사실상, 좀비 증식보다 인간의 번식이 따라가지 못하면, 머지않아 좀비도 사라져. 어떻게 되건, 그 다음은 없어── 이 세상은."

"……그렇구나."

그래. 그건 생각해야 할 일이겠지.

애당초── 좀비란 뭘까?

전에 오토와한테 물었지만…… 다른 생물에 기생하고 그것을 차지해버리는 생물도 실제로 존재한다는 것 같다.

달팽이를 숙주로 삼아서 기생하는 어떤 곤충은, 최종적으로 새의 체내에 들어가서 숙조로 삼기 위해서, 지금의 숙주인 달팽이가 새의 먹이가 되기 쉽도록 조종한다고 한다. 원래는 몸을 지킨다는 의미도 겸해서 어두운 곳을 좋아하는 달팽이가, 밝은 곳으로 나가서 촉각을 요란히 움직인다고 한다.

생물의 생존 전략으로서, 그런 생태가 생긴다는 것도 이해한다.

하지만 좀비나 바이러스의 경우…… 이 이상한 감염력과 이상한 생태는, 분명히 생존전략으로서는 악수라고 해야겠지. 오토와가 말한 것처럼 이 기세로 좀비가 퍼져 나가면, 그 바탕이 되어야 할 인간도 사멸한다. 그렇게 되면 좀비 바이러스도 숙주를 잃고 사멸(死滅)하는 게 아닐까? 이런 불합리한 생물이 왜, 갑자기, 나타났을까?

어쩌면 좀비 바이러스는 암세포 같은 뭔가가 아닐까?

암세포도 『숙주』인 생물을 죽이면서 공멸한다. 하지만 암세포는 생존전략을 구사한 끝에 진화하고 발달한 생물이 아니다. 그건 어디까지나 생물의 세포가 자가 증식하는 과정에서 복제에 실패하고 폭주 증식하는 세포—— 그런 것일 뿐이다. 암은 전염되지 않는다. 그 정도는 나도 알고 있다.

모르겠다. 좀비는 왜 갑자기 발생했고, 왜 이렇게 빠른 속도로 지상에 넘쳐났을까?

같은 인간을 잡아먹고, 감염을 확대하고, 세상을 멸망시키는—— 괴물. 그런 주제에 인간이 멸망하면 자신도 멸망하는 수밖에 없는 **나약한** 괴물.

그 괴물을 만들어낸 이유는…… 원리는 뭘까? 거기에 합리성은 있는 걸까?

"그러니까——."

문득, 오토와가 뭔가 생각이 났다는 투로 말했다.

"역시는 좀비는 영화로만 보는 게 재미있어. 결론."

"그게 이제 와서 할 소리야?!"

그나저나…… 오토와는 언제부터 그런 결론을 내렸던 걸까.

"결국, 취미는 취미로 끝내는 쪽이, 좋다는 얘기."

하긴 뭐, 그건 흔히 있는 이야기지.

"이 세상에서는 신작이 나오지도 않아."

"아, 좀비 영화 말이지……."

이 현실이 엔드 마크가 없는 영화라고도 할 수 있지만.

"그러고 보니까 말이야, 전부터 조금 궁금했는데…… 오토와 너, 왜 그렇게 좀비가 좋은 거야?"

그것 때문에 가족들하고 사이도 소원해졌다고 했었는데.

"알아서 어쩌게?"

"어쩌긴…… 아무것도 안 해. 그냥, 오토와의 그런 것들을 거의 모르는구나 싶어서."

뭔가를 좋아하게 되는 이유는 사람마다 다르고, 경우에

따라서는 말하기 싫은 일도 있겠지. 오토와도 거기까지 가는 데 이런저런 일들이 있었을 테고. 그것을 억지로 후벼 파는 것처럼 캐묻는 건 좋지 않을 일인지도 모른다.

하지만…… 지금 오토와는, 내 파트너다.

파트너에 대한 건 잘 알아두고 싶다. 알아서 안심하고 싶다. 만약 뭔가 문제가 있다면 같이 해결해주고 싶다. 그게 날 지키는 일도 되니까.

"그냥 어쩌다 보니 좋아하게 된 건 아니잖아? 뭐, 얘기하기 싫으면 안 해도 되지만——."

"……."

잠시, 오토와는 말이 없었다.

전조등에 비친 도로를—— 아니, 그 너머에 있는 어둠을 말없이 바라보는 오토와.

오토와가 침묵에 질린 것처럼 조용히 말을 흘리기 시작한 건, 3분 정도 지난 뒤였다.

"난 말이야…… 좀비는, 확실하게 죽지 않는 거라고 생각해."

"확실하게 죽지 않아?"

"그래, 옛날에 나처럼……."

예전의 오토와가, 좀비랑 똑같아? 무슨 뜻이야?

"옛날에 난, 아주 멍하니 살았어."

"……멍하니 말이지."

뭐, 오토와는 좀비에 관련된 일 외에는 뭐랄까, 좀 맹하다고 해야 하나 묘하게 둔한 구석이 있는 것도 사실이니까.

"처음 아버지랑 본 영화가, 좀비 영화였고── 정말 인상적이었어."

"아버지도 대단하시구나……."

처음이라는 건 유치원이나 초등학교 저학년 때려나.

자기 딸한테 갑자기 좀비 영화를 보여주는 부모도 있나?

"연휴라서, 극장이 전부 자리가 없어서, 그냥 아무 데나 들어간 거야."

"……그렇구나."

"그래서── 그 영화에, 나랑 닮은 여자애가 나왔어. 나처럼, 별로 생각도 안 하고 멍하니 살아가던 여자애. 전부 될 대로 되라고, 지금 당장 죽어도 된다고, 그런 걸 귀찮다는 듯이, 몇 번이나 말했다. 하지만 그 아이는── 좀비한테 잡아먹기 직전이 돼서야 갑자기, 필사적으로 살려고 했어……."

"아니 뭐, 그건 그렇겠지."

"결국, 그 아이는 좀비가 돼버렸지만."

"되는 거냐."

무자비한 각본이네.

"보통은, 죽으면 거기서 끝인데…… 그 여자애는, 그렇게 싫어하던 좀비가 돼서, 계속, 돌아다녔어."

창을 통해 먼 곳을 보고 있는 오토와── 그 옆얼굴이 너무나 울적해 보였다.

"제대로 죽지 못하는 건 무섭다고, 그때 생각했어. 그리고, 알았어. 그럼 제대로 살고 있지 않은 나는, 어떨까? 하고——."

죽은 것처럼 살아가는 어중간한 날들.

그건 분명히 타인에게 자랑할 수 있는 일도 아니고, 즐거운 일도 아니겠지. 그리고 아마도 죽기 직전에는 후회도 남을 것이다. 죽어도 죽을 수 없다고—— 그런 생각을 할지도 모르고.

"지금을 제대로 살아가지 않는 나는, 이 제대로 죽지 않은 좀비랑 같은 게 아닌가, 하고……."

"너무 무거운 거 아냐."

나는 묘하게 무거워진 분위기를 조금이라도 풀어보려고, 최대한 가벼운 투로 말했다.

"좀비 영화를 보고 인생을 생각하게 된 건가……."

뭐, 오토와 답다면 다운 일이지만.

설마 이렇게까지 진지한 얘기를 듣게 될 줄은 몰랐지만

"코타르 증후군이라고 알아?"

갑자기 오토와가 그런 말을 했다.

"뭐? 뭐라고? 아니, 모르는데——."

"자기가 죽었다고 생각하는 정신질환."

"……그런 게 있어."

처음 듣네. 세상은 정말 넓구나.

"코타르 증후군하고는 다를지도 모르지만, 나도 뭔가 그런, 내가 좀비가 아닐까, 난 죽지도 못한 채, 살지도 못한 채, 공중에 붕 뜬 상태가 아닐까 하고── 그런 생각이 들고, 왠지, 답답해서."

"그건──."

"그러니까, 히로아키."

문득, 내 쪽을 보면서, 오토와가 말했다.

"히로아키가, 시노 양한테 아버지를 쏘라고 설득했을 때 말…… 기뻤어."

"뭐? 뭐가……."

왜 그런 얘기가 되는데?

"같은 생각을 하는 사람이 있다는, 생각에."

"같다니………… 아, 그거 말이지."

『아버지가 계속 저러고 계시게 하지 마. 확실하게 보내드리자.』

……그거 말인가.

"들었어……?!"

그건 시노를 안고서 귀에 속삭인 말이었는데.

설마 오토와한테도 들렸을 줄은 몰랐다.

그건 시노가 결심하게 하려고 한 말일 뿐이고, 오토와가 생각하는 것처럼 큰 의미가 담긴 말은 아닌데…… 뭐, 여기서 그런 말을 하는 것도 좀 그렇겠지.

"산 사람은 산 사람. 죽은 사람은 죽은 사람. 어중간한 건 누구한테나 불행. 그래서 죽은 사람은 확실하게 죽게 해줘야 한다. 산 사람은 열심히 살아야 한다. 그런 생각을 하게 됐어. 어느새."

"……."

"한마디로 나한테 좀비 영화는, 사람으로서 살아가는 방법을 가르쳐주는 바이블."

오토와는 그렇게 마무리했다.

"좀비 영화가 말이지."

진지하게 중얼거리기는 했지만—— 오토와 말에도 수긍가는 부분이 꽤 있었다.

"그리고, 이 충실한 기분을 과거의 나한테 가르쳐주고 싶어."

"아…… 그건 맞아. 나도 그래."

"그래서 『되돌리는』데는 찬성해."

좀비 마니아로서, FPS 마니아로서, 우리는 취미에 몰두하면서도 한구석에서는 자신이 세상의 상식과 어긋났다는 자각을—— 죄악감, 켕기는 것 같은 기분을 가지고 있었겠지. 그래서 우리를 무시했던 『보통』 사람들에게도 강하게 반론하지 못했다. 그 사람들을 설득할 생각도 못 했다. 어차피 나는 주위와 다르다고, 일찌감치 포기하고 자기 껍질 속에 틀어박혔다.

하지만…… 그런 우리가 지금은 『세상을 구할』지도 모른다.

우리가 매진해왔던, 취미의 스킬을 최대한 살려서.

이렇게 통쾌한 일이 또 있을까── 그걸 알게 되면, 아마도 우리를 무시했던 놈들에게도 더 당당하게『난 이게 좋아, 불만 있어?』『무시하지 말고 너도 한 번 해봐, 속는 셈 치고 말이야?』라고 말할 정도로.

그건 틀림없이…… 즐거운 나날이겠지. 응.

"뭐…… 그런 부분은 나도 오토와랑 마찬가지겠지. VR FPS 마니아는 여러모로 오해도 받고, 걸핏하면『재미로 전쟁을 하다니』 같은 소리를 들었으니까."

제대로 도움이 되고 있다. 그래서 나는 아직까지 살아 있다.

"그런 의미에서 보면 나도 위험한 놈일지도 모르겠네."

사실은 나야말로 마지막 순간에 가서 세상을 되돌리는 걸 주저하진 않을까.

"……히로아키."

오토와가 조용히── 마치 위로하는 것처럼 말을 걸었다.

"방해하면 안, 된다?"

"……네가 할 소리냐."

나는 씁쓸하게 웃으면서 그렇게 말했다.

●

일반 도로에서 벗어나 사유지로 들어서서── 30분.

무성하게 우거진 나무들 너머에서 나타난 것은 이곳은 사유지다, 관계자 외에는 출입을 금한다는 내용의 안내판이 달린 철망 담장과 그리고 산자락을 따라서 세워진 것 같은 모양의 회색 건물이었다.

"저건가……."

시이코 말에 의하면 외국계 회사, 그것도 여러모로 오해를 사기 쉬운 연구들을 하는── 하고 있던 노스리버 사는, 넓은 토지를 쉽게 구할 수 있다는 이유도 있고 해서, 이런 지방의 한적하게 숨을 수 있는 곳에 연구소를 세우는 경우가 많았다는 것 같다. 그러고 보니 시이코가 있던 제4연구소도 시가지가 아니라 교외에 있었지.

"노스리버 제1연구소……."

"그래. 이대로 곧장 가면 정면 현관이야."

시이코가 가리킨, 그쪽에는──

"아무래도 저희보다 먼저 온 자들이 있는 것 같습니다."

우에무라 씨가 모스버그에 탄약을 장전하면서 말했다.

"……그러네요."

철망이 끝나는 곳에 게이트로 보이는 뭔가가 있다. 단순하게 문이라는 의미가 아니라 자동으로 여닫을 수 있는데다, 무슨 일이 있으면 바로 옆에 있는 초소에서 경비원이 뛰쳐나올 수 있는 시설이다. 문 자체는 학교 교문과 비슷한, 강철로 만든 투박한 물건이다.

하지만 그것이…… 지금은 활짝 열려 있다. 게다가 경비

초소로 보이는 작은 건물 벽에는 수많은 탄흔이 새겨져 있었다.

누군가가 습격했다. 여기를.

하지만…… 대체, 누가? 무슨 이유로?

"……히로아키, 전방에 몇 마리 있어."

"그래…… 잠깐, 저건."

전조등에 비친 공간에 비틀거리며 나타난 것은…… 위장복과 전투용 조끼를 입은 남자들이었다. 위장복은 AOR2? 아니── 그런 계열 MARPAT인가. 미 해병대가 사용하는 디지털 우드랜드 위장 패턴이다.

"자위대라면 또 모를까, 왜 미 해병대가 이런 데?"

아니 뭐, 위장복은 그냥 민간용으로 파는 것도 있으니까, 저 사람들이 꼭 미국 해병대라고 할 수는 없지만. 나도 한 벌 가지고 있고.

어쨌거나 먼저 온 손님이라는 게, 이 녀석들인가……?

"생각은, 걸 처리한 뒤에."

애용하는 삽을 손에 들고, 조수석에서 뛰쳐나가려는 오토와── 하지만, 나는 황급히 오토와를 말렸다.

"아, 잠깐만 오토와! 저 자식들 총 들고 있는데?!"

게다가 저거, H&K UMP 기관단총이잖아! 거기다 소음기까지 달렸고! 그렇다면 저 녀석들 역시 해병대, 아니면 어딘가의 특수부대인가…….

"괜찮아."

"괜찮기는…… 뭐가! 위험하다고!"
"잘 봐. 저거 좀비."
"나도 알아! 하지만——."
난 기억하고 있다. 시노의 아버지가 들고 있던 〈라이트 웨이트 스토커〉를 쐈던 사실을.
"이번 좀비는 생전의 행동을 따라하고 있을 뿐이야."
하긴, 오토와 말대로 시노의 아버지는 그저 생전의 동작을 따라 하고 있었던 것뿐인지도 모른다.
하지만 그게 아니라면—— 아니, 그렇다고 해도, 탄을 넓은 범위에 뿌릴 수 있는 기관단총은 위험하다. 탄이 어디로 날아올지 모르는 일이니까.
"무엇보다 총을 다루는 것 같은 섬세한 동작은——."

푸슝, 푸슝, 푸슝, 푸슝.

소음기 특유의 웅얼거리는 발사음.
동시에 제1연구소 1층 창문 유리 한 장이 산산조각이 났다.
"……?"
"어쩌다가 폭발 정도는 할지도 모르지만, 괜찮아."
"절대로 안 괜찮거든?"
소리를 지르고 싶지만 꾹 참고 그렇게 속삭였다.
하지만—— 이렇게 가만히 있어봤자 의미가 없다.

"시이코는 고개 숙이고, 우리가 됐다고 할 때까지 절대로 들지 마."

나는 G클래스 옆에서 휠체어에 앉아 있는 시이코 쪽을 보면서 말했다.

"……알았어."

내가 진지하다는 걸 이해했는지 얌전히 고개를 끄덕였다.

"시노는 차를 사수. 만에 하나의 경우에는 문 닫고 버틸 수 있게, 라이플은 차 안에서 밖으로 겨누고. 발포는 최대한 기다렸다가. 총소리가 좀비를 끌어들이니까."

"……카피."

시노가 〈지노〉로서 나와 같이 행동하던 때처럼 말하며 고개를 끄덕였다.

"오토와와 우에무라 씨는 나랑 같이 저놈들을 섬멸. 전위는 저랑 오토와. 후위는 우에무라 씨, 엄호 사격 부탁드릴게요."

"알았어."

"알겠습니다."

모두에게 지시가 전달된 걸 확인하고—— 나와 오토와는 좌우로 갈라져서 뛰쳐나갔다.

'혹시 저 녀석들, 이 시설 경비원인가?'

시이코가 있었던 제4연구소도 경비원이 기관단총으로 무장했었으니까.

물론 우리나라에서는 100% 위법이지만——

'뭐, 정말로 타임머신 같은 걸 만들고 있었다면, 당연히 그 정도 경비는 하겠지만…… 아무래도 세상을 되돌릴 수 있다는 물건은, 궁극적인 병기가 될 수도 있으니까…….'

정보만 보낼 수 있다고 해도, 예를 들자면 최신 병기의 설계도나 적군의 배치 정보, 최신 전술 이론…… 이런 것들을 보낸다면 전쟁의 결과를 바꿀 수도 있겠지.

머릿속 한쪽에서 그런 생각을 하며, 나는 MP9의 접이식 개머리판을 펴서 견착하고, 왼손으로는 전방 손잡이를 잡고── 발사.

퓨퓨퓨퓨퓨퓻! 약간 탁한 소리와 함께 9mm 파라벨럼 탄이 뿌려졌고, 좀비들의 상반신에 착탄. 처음부터 반동 때문에 총구가 들리는 걸 생각해서 일단 가슴 쪽을 조준했는데── 예상대로 두 번째와 세 번째 탄흔은 좀비의 몸을 타고 올라갔고, 네 번째에서 확실하게 머리에 구멍을 냈다.

좋았어!

고개를 돌려보니 애용하는 모스버그 산탄총을 등에 메고 나처럼 MP9을 손에 든 우에무라 씨가, 확실한 단발 사격으로 좀비의 이마를 꿰뚫고 있었다. 역시나. 사격은 자전거나 수영처럼 한 번 배우면 잊어버리지 않는다고 하는데…….

남은 탄약을 생각하면 여기서 함부로 낭비할 수는 없다. 나도 우에무라 씨를 본받아서 최대한 원 샷 원 킬을 명심해서 소모를 줄여야겠는데.

"히로아키, 엄호."
갑자기 오토와 목소리가 들려서 그쪽을 보니── 아니나 다를까, 오토와가 총도 아니고 삽을 손에 들고서 좀비를 공격하고 있었다.
"어? 잠깐…… 너……."
너도 MP9 줬고, 쓰는 방법도 가르쳐줬잖아?!
라고 소리 지르려고 했지만 그럴 여유가 없었다.
"흡……."
짧게 숨을 내쉬고, 삽을 높이 치켜들고서 지면을 박차는 오토와. 단숨에 거리를 좁히고 엇갈리는 순간, 오른발을 축으로 반 바퀴 회전. 오토와는 왼쪽 아래에서 오른쪽 위로 비스듬히── 삽을 휘둘렀다.
"우와……."
마치 도검처럼 날카롭게 좀비의 목을 잘라버리는 오토와의 삽.
상대는 몇 걸음, 머리가 없는 채로 걸어갔고── 그 자리에서 쓰러졌다.
"매번 느끼는 거지만…… 저게 정말로 『그냥 좀비 영화만 본』 사람이 맞는지……."
이제 와서 하는 얘기지만, 오토와의 생김새에 어울리지 않는 백병전 능력은 정말 대단하다.
하지만…… 분명히 검도에서는 『한 사람을 베면 1단』이라고 센다. 물론 그건 같은 검도를 배우는 사람과의 승단

시합에서 이겼을 경우, 라는 얘기겠지만…… 실전의 가혹함을 생각하면, 아마 오토와는 어지간한 초단보다 강할지도 모른다.

아무래도 패배하면 바로 죽음── 그런 상황 속에서, 오토와는 저 삽으로 『걸어 다니는 죽은 자』를 계속 쓰러트려 왔으니까. 어느 각도에서 어느 정도 속도로 휘두르면 죽은 자의 신체를 파괴할 수 있는지── 아마도 이젠 오토와의 몸이 기억하고 있을 테니까. 배우는 것보다 익숙해지라는 말도 있잖아.

결국 나와 우에무라 씨가 셋을 쓰러트렸고, 오토와가 둘을 참수, 그리고 만약에 대비해서 오토와가 총으로 쓰러트린 좀비의 목도 삽으로 잘라버렸다.

그 시간은── 겨우 1분 정도.

"훌륭합니다."

"그러게. 제4연구소 때도 생각했지만─ 당신들 정말로 그냥 일반인 맞아?"

우에무라 씨가 데리러 갔다 왔는지…… 우에무라 씨가 휠체어를 밀고, 거기에 앉은 시이코, 그리고 그 옆에는 시노가 M700 라이플을 들고 걸어왔다.

시이코는 모조리 목을 날려버린 좀비를 보고 황당해하는 것 같다.

"히로아키 님, 이 총은 아직 쓸 수 있을 것 같습니다만."

우에무라가 미리 집어 뒀는지, UMP를 손에 들고 그렇게 말했다.

"혹시 모르니 챙겨둘까요?"

그렇게 말하면서 손은 마치 다른 생물이라도 되는 것처럼 UMP의 탄창을 빼서 잔탄을 확인, 그리고 장전 손잡이를 당겨서 약실에 있던 탄약을 빼는 동시에 탄이 걸리지는 않았는지 확인하고 있다. 아니, 정말이지, 역시 대단하다고 해야 하나 뭐라고 해야 하나…….

"45구경이군요. 좀비를 상대하려면 오히려 MP9보다……."

그렇게 말하려다가── 깨달았다.

사실 최근의 기관단총은 45구경보다 MP9처럼 9mm 파라벨럼 탄을 쓰는 쪽이 주류다. UMP는 원래 9mm탄으로는 위력이 부족하다고 판단한 미군 특수작전군이 총기 회사에 주문해서, 보다 구경이 큰 45구경 탄약을 사용하는 걸 전제로 만든 총…… 한마디로 한발의 위력, 특히 대상을 쓰러트리는 타격력에 있어서는 UMP 쪽이 훨씬 뛰어나다.

이 좀비가 UMP를 장비하고 있는 건 그냥 우연일까?

그리고 자세히 보니 이 좀비들…… 팔다리, 그리고 목까지 강화 수지 프로텍터를 착용했다. 이건 좀비 대책용으로 준비한 것 아닐까? 한마디로 이 사람들, 좀비의 생태 ──라고 해야 할까── 를 이해한 상태로 여기에 온 것이다.

"그나저나 어째서 미국 분들이 여기 계신 걸까요? 근처에 미군 기지는 없을 텐데……."

시노가 고개를 갸웃거렸다.

해병대와 같은 옷을 입었다는 것보다…… 이 좀비들의 얼굴은 한눈에 봐도 외국인이다. 장비도 일본 공적 기관이 채용하는 것들과 다르고, 그렇다고 조폭들이 이런 장비를 갖추고 여기까지 올 리도 없고. 그렇다면…….

“이건 정말 있다는 뜻인가. 타임머신── 아니면 거기에 필적하는 뭔가가.”

시이코의 말을 안 믿었던 건 아니지만, 『사실은 그런 게 있습니다』라는 말을 듣고 『아, 그렇군요』라고 믿을 수 있는 물건도 아니다. 하지만 굳이 이런 곳에, 군대나 그에 필적하는 장비를 갖춘 사람들이 왔다는 것을 생각해보면, 여기엔 틀림없이 뭔가가 있다.

‘그리고…….’

문득, 레이븐과 했던 대화가 생각났다.

마치 우리 행동을 들여다보고 있는 것 같은 그 말투, 그건 어쩌면──

“아무튼, 서두르자.”

우리는 종종걸음으로 ──우에무라 씨는 약간 뒤처져서 시이코의 휠체어를 밀면서── 연구소 현관에 도착했다. 두꺼운 철제, 양쪽으로 열리는 문이 있다. 어지간해서는 꼼짝도 안 할 것 같고, 그 바로 옆에는 작은 장치가 벽에 박혀 있다.

텐키와 슬릿. 틀림없이 이게 『열쇠 구멍』이겠지.

"시이코, 열 수 있겠어?"

"잠깐만…… 내 ID와 패스워드를 쓰면, 문제없이——."

재빨리 카드키를 긁고, 시이코가 말해준 번호를 내가 입력했다. 열여섯 자리 번호를 다 입력했더니 전자음이 울렸다.

"오……."

조용히, 강철 문이 좌우로 열렸다.

순간, 안에서 좀비가 넘쳐 나오는 건 아닌지 경계했지만——문 안에는 좀비도 없고 사람도 없다. 완전히 무인 상태였다.

"좋았어, 이걸로 타임머신까지 한 걸음 다가갔다."

"그러네요. 히로아키. 자, 가죠."

시노도 웃는 얼굴이다. 고개를 돌려보니 우에무라 씨와 시이코도 표정이 밝다.

하지만——

"왜 그래, 오토와?"

딱 한 사람—— 오토와만 뭔가 묘한 표정이었다. 오토와의 몸이 긴장해 있다는 건 보면 알 수 있다. 마치 좀비가 눈앞에 있는 것처럼…… 언제라도 『적』에게 달려들겠다는 것처럼.

"오토와? 이봐?"

"…………."

"너 설마……."

차안에서 농담처럼 했던 얘기가 머릿속에 떠올랐다.

아냐. 오토와는 분명히 이 『세상을 되돌리는』일을 방해하지 않는다고 했다. 이제 와서 갑자기 마음이 변했다는 건가? 그럴 리는 없다고 장담할 수는 없지만── 아무튼 오토와가 그런 기분파는 아닐 텐데.

"……아냐. 방심은 금물."

오토와가 고개를 저었다.

"아까 그 좀비. 냄새가 안 났어."

"……그러고 보니까 안 썩었었지, 그거.'

지금까지 조우한 좀비들은 대부분 그야말로 코가 비뚤어질 정도로 악취가 났었는데…… 조금 전에 그놈들은 그런 냄새가 전혀 안 났다. 좀비의 악취에 익숙해져서 오히려 『냄새가 안 난다』는 걸 알아차리지 못했나.

"그게 어쨌다는 건가요?"

시노가 물었다.

"아마도 죽은 지 얼마 안 됐어. 무기도 가지고 있었어. 탄약이 떨어진 것도 아니야. 게다가 대 좀비용 프로텍터까지 착용했어."

"…………아."

시노도 알아차린 것 같다.

그렇다. 그 녀석들은 아주 최근, 어쩌면 우리가 오기 몇 시간 전쯤에 죽었다는 듯이 된다.

게다가──

"왜 죽었지? 무기가 있으니까, 자기 방어는 할 수 있었을 텐데?"

무기도 망가지지 않았다.

즉…… 대 좀비 전투를 상정한 장비를 갖추고 온 녀석들이, 탄약이 떨어진 것도 아닌데 전멸했다는 뜻이 된다. 어쩌면 동료가 살아 있을 수도 있지만── 그렇다면 동료들은 좀비가 된 놈들을 내버려 두고 어디로 갔을까, 라는 의문이 남는다.

생각할 수 있는 가능성은 몇 가지가 있지만──

"아냐……. 지금은 서두르는 게 좋겠어."

나는 고개를 저어서 나쁜 상상을 머릿속에서 떨쳐냈다.

"방심하지 않는 건 물론이고── 여기서 가만히 서서 주저하는 쪽이 오히려 위험하다고 생각해."

"나도 히로아키 의견에 찬성."

시이코가 그렇게 말했다.

"나도 앞으로 가는 데 이의 없어."

오토와가 고개를 끄덕인 걸 확인하고── 우리는 하나로 뭉쳐서 건물 안쪽으로 들어갔다.

●

정면 현관 안쪽에는 넓은 홀이 있었다.

이 근처는 제4연구소와 똑같다.

갑자기 외부인이 찾아오는 상업 시설이 아니기 때문인

지, 안내 데스크 같은 것도 보이지 않았다. 그냥 유난히 넓은, 그야말로 축구장 정도는 될 것 같은 공간이 있다. 여기저기에 굵은 기둥들이 있기는 하지만.

아마도 여기는 다목적으로 사용하는 것을 상정하고 만든 곳이겠지.

안쪽에는 엘리베이터 홀로 추정되는 장소로 이어지는 통로도 보였다.

"시이코, 그 타임머신── 있다면 어디에 있을까? 아니, 그 전에 그 키스라는 사람을 찾아야 하려나……."

건물 관리 시스템의 정보가 맞는다면 키스는 살아 있다. 물론 시스템이 오작동했거나 이미 좀비가 됐는데도 살아 있다고 오인했을 가능성도 있지만.

"일단 조사해볼게. 2층에 경비 단말이 있을──."

──시이코가 그렇게 말한, 그 순간.

『안녕, 시이코.』

"──?!"

갑자기 홀 안에 울린 목소리에── 우리는 경계했다.

아니. 딱 한 사람 예외가 있었다. 이름을 불린 시이코 본인이다.

"키스! 그 목소리, 키스 맞지?!"

시이코는 눈을 반짝거리면서 그렇게 외쳤다.

『그래, 나야. 무사해서 다행이야, 계속 걱정했어.』

"그건 내가 할 말이야!"

시이코가 소리쳤다.

"어째서—— 어째서 지금까지 연락을 안 한 거야?! 아니, 내가 먼저 연락하려고 했는데 대답을 안 한 거야? 노리코가, 노리코가——."

『미안해. 몇 번인가 연락하려고 했는데, 장해가 있어서, 계속 외부와 통신을 할 수가 없었거든.』

떨리는 목소리로 노리코 씨 이름을 말하고 있는 시이코에게, 키스는 차분한 목소리로 그렇게 해명했다.

"그래…… 그랬구나…… 괜찮아…… 왜냐하면, 키스가 무사하다는 걸 알았으니까."

떨어지려는 눈물을 손등으로 닦고, 시이코는 주위를 둘러봤다.

아마도 이 홀 곳곳에 경비용 CCTV가 서리돼 있겠지. 키스는 그것을 통해서 우리를 보고 있을 것이다.

"저기, 키스, 사실은 우리——."

『——타임머신 시제기 말이지?』

시이코의 말이 끝나기도 전에, 키스가 말했다.

『너라면 당연히 그렇게 생각하겠지. 너는 똑똑하니까. 과거로 정보를 보내서 이 좀비 참사를 막을 수 있을 거라고, 금세 그렇게 생각했을 거야.』

"그래. 분명히 지난번 보고서에서, 상당한 양의 정보를 과거로 송신할 수 있다고——."

『그래. 그건 이미 확인했어. 가능해.』

키스는 어딘가 즐거워하는 것 같은 투로 말했다.

"……."

내 마음속에서 위화감이 고개를 들었다. 키스 웨인. 내가 이 인물의 목소리를 듣는 건 당연히 처음인데…… 시이코가 그렇게 따르고 좋아하는 상대가 이런 상황에서 즐겁게―― 이런 상황을 즐기는 것처럼 말하는 사람이라는 게 뭐랄까, 기묘하다는 생각이 들었다.

일단 목소리가 똑같으니까, 시이코는 딱히 이상하게 여기지 않는 것 같은데――

"부탁이야, 우리한테 타임머신을 쓰게 해줘."

시이코가 필사적인 표정으로 말했다.

"어디 있어? 이 제1연구소에 있지?"

『알았어. 타임머신 있는 곳으로 안내해주지.』

그 말을 기다렸다는 것처럼, 안쪽에 있는 엘리베이터 홀에서 문이 열렸다.

아니, 그건――

"통로……?"

엘리베이터가 아니었다. 더 안쪽으로 이어지는 통로가 나타났다. 전력을 절약하기 위해서인지 꺼져 있던 조명들이 차례로 켜졌다. 그것은 마치 안쪽으로, 안쪽으로 가는 통로가 생성되는 것처럼 보이기도 했다.

길다. 10미터는 훨씬 넘는다. 게다가 이 건물, 산 경사면 모양에 맞춰서 세워져 있었으니까…… 저 너머는, 지하인가?

"키스, 고마워. 다들, 이쪽이야."

들뜬 마음을 억누를 수 없다는—— 그런 분위기로 휠체어를 움직여서 안쪽으로 가는 시이코.

나는 빨리 걸어서 시이코 앞으로 나섰고, 시노와 우에무라 씨한테 말없이 고개를 끄덕여 보였다.

"…………."

두 사람 모두 눈치를 챘는지 시이코 양의 옆에 붙었다.

그리고 내 옆에는—— 이것도 이심전심이라는 느낌으로, 오토와가 와서 붙었다.

나랑 오토와가 전위. 후위에서 『왕』—— 이 아니라 『여왕』, 즉 시이코를 지키는 역할을 시노와 우에무라 씨가 맡았다. 지금 우리한테 가장 중요하고 지켜야만 하는 존재는 시이코니까.

그렇게 해서 우리는 조심하며 통로를 걸어갔다.

100미터 정도 걸어갔을까.

마침내 우리는 현관홀보다는 작지만 천장은 더 높은, 반구형으로 생긴 방 안으로 들어갔다. 넓이는 테니스 코트 2개 정도려나.

그리고 그 한복판에—— 사방팔방에서 뻗어온 케이블이 잔뜩 연결된, 네모난 기계가 자리 잡고 있었다. 마치 각진 머리를 촉수로 버티고 서 있는 문어나 해파리 같다. 그리고 조작용 단말이려나—— 작은 탁자가 그 옆에 있고, 거기에 노트북 컴퓨터가 한 대 놓여 있었다.

그것 말고는 아무것도 없다.

즉 이게—— 타임머신 인가?

『조작 방법은 단말에서 호출할 수 있어. 『HG 웰즈』 폴더 안에 있는 『매뉴얼』이야.』

어딘가에 있는 키스가 그렇게 말했다.

"이게 있으면……!"

시이코가 타임머신 조작 단말로 다가가서 손을 뻗었다.

시이코가 카드키를 사용해서 단말의 잠금 상태를 해제, 그리고 엄청난 속도로 키보드를 두드리기 시작하자—— 어딘가에 프로젝터라도 있는지, 벽에 단말 화면이 비춰졌다.

무슨 영어와 숫자가 엄청난 기세로 날아다니고 있다.

보통 사람인 우리는 이게 뭔지 도무지 모르겠다—— 하지만.

"……자동차 모양이 아니네."

문득, 오토와가 중얼거린 말을 듣고 씁쓸하게 웃었다.

무슨 이상한 데서 실망하고 있는 거야…… 아니 뭐, 나도 조금 기대하기는 했지만 말이야, 마법 융단 같은 데 탁상용 스탠드 라이트가 달린 그런 거. 그리고 책상 서랍 속에서 나오는 그것 말이야.

"저기…… 히로아키."

갑자기 시노가 의아하다는 표정을 지으며 말했다.

"이상하지 않은가요? 그러니까, 키스 씨, 시이코를 걱정하고 있잖아요? 그런데 왜 직접 만나러 오지 않는 걸까요?"

만나러 나오지 않는 건 물론이고, 목소리만 들리고 있다. 모습이 보이지 않는다. 회선을 통한 영상이라고 해도 모습을 보여주면 시이코도 더 안심할 텐데, 그렇게 간단한 일을 모르는 사람도 아닐 테고.

"……키스 웨인 씨였지? 잠깐 얘기해도 될까?"

『뭐지?』

키스가 싹싹한 말투로 대답했다.

"왜 당신은 모습을 보이지 않는 거야?"

『그럴 필요가?』

"있지, 당연히. 계속 연락이 안 돼서 걱정했던 시이코랑 다시 만나게 됐잖아? 보통은 직접 만나고 싶어 하는 게 아니겠어?"

『그래. 그렇지. 보통은 그렇겠지.』

키스는 밝은 말투로 그렇게 대답했다.

내 마음 속에 있는 위화감이 더더욱 커져갔다. 뭐야 이 자식? 정말 키스 웨인 맞아? 아니면──

"뭐야 이거……?!"

갑자기── 단말을 열심히 조작하던 시이코가 비명 같은 소리를 질렀다.

"왜? 어째서 이런 일이……?"

"왜 그래, 시이코?"

"이거, 이래선── 타임머신을 가동할 수 없어!"

시이코가 내 쪽을 보면서 그렇게 외쳤다.

"없어, 타임머신 부품이 하나 빠져 있어! 이래선, 과거로 돌아가기는커녕 기동도 할 수 없다고……!"

"…………."

나는 주위를 둘러봤다.

아마도 키스의 눈 역할을 하고 있을 CCTV── 천장에 일정한 간격으로 배치된 그것들을 차례로 노려봤다.

"키스, 무슨 생각이야……? 어째서, 이런 중요한 일을 말 안 한 거야?"

『왜 그랬을까?』

울먹이는 시이코에게, 분위기에 맞지 않는, 아주 가벼운 말투로 대답하는 키스.

더 이상 의심할 필요도 없다. 이 녀석은 틀림없이 즐기고 있다── 타임머신이 움직이는 걸 알게 된 우리가 당황할 거라고 예상했고, 실제로 시이코가 당황한 모습을 확인하고서 기뻐하고 있다.

"히로아키, 뭔가 안 좋은 예감이 들어."

"그래, 나도."

나와 오토와는 얼굴을 보며 고개를 끄덕이고, 주위를 경계했다.

이대로 끝날 리가 없다. 우리 모두는 그런 안 좋은 확신을 품었다. 좀비 영화뿐만이 아니라, 보통 이런 상황에서는『마지막 보스』가 나타나는 법이니까.

그리고 예상대로—— 우리가 들어온 문과 반대쪽에 있는 문이 열렸다.

어둠이 가득 찬 통로 안쪽에서, 뭔가가 느린 움직임으로 나타났고——

"——좀비!"

시이코가 비명 같은 소리를 질렀다.

그렇다. 그건 좀비였다.

온몸이 잔뜩 썩어 문드러졌고, 간신히 사람 모양을 갖추고는 있지만 이미 얼굴은 고사하고 피부색조차도 확인할 수 없다. 하지만 원래는 상당히 덩치가 큰 남자—— 또는 여자였는지, 아무튼 그 녀석은 유난히 컸다. 키가 2미터 가까이 되는 것 같다. 어깨 폭도 상당히 넓고.

게다가 그 손에는—— 굵은 쇠파이프를 쥐고 있다.

저거, 설마 무기인가……?!

"젠장! 이런 상황에!"

물론 가만히 있을 이유가 없다. 선수 필승—— 나와 우에무라 씨가 재빨리 UMP를 겨누고 사격했다.

실내이기도 하고, 상대의 반응을 지켜보자는 의미로 두 사람 모두 단발로 한 발씩. 탄속은 느리지만 착탄했을 때 상대에게 주는 위력이 크기로 정평이 난 45구경 탄두가, 동시에 좀비의 머리를 향해 쇄도했—— 는데.

"——뭐야?!"

깜짝 놀라서, 나도 모르게 그런 소리를 냈다.

실내에 울리는 날카로운 도탄 소리. 나와 우에무라 씨가 쏜 탄환은 좀비의 머리에 스치지도 못하고 벽에 맞아서 요란한 소리를 냈다.

빗나갔나? 아냐, 나랑 우에무라 씨 둘이 동시에, 이 거리에서, 그럴 리가 없는데.

즉—— 저 녀석은, 저 커다란 좀비는, 우리 공격을, 피했다. 그 증거로 좀비의 자세가 바뀌어 있다. 무도에서 말하는 『반신(半身)』…… 우리를 정면으로 마주 보는 게 아니라 몸을 약간 틀어서 서 있다. 마치 대전 상대와 마주 보고 있는 복서처럼. 신음소리를 내면서 똑바로 다가오는 것밖에 몰라야 하는, 좀비가.

"말도 안 돼……?!"

나와 우에무라 씨가 멍하니 서 있는 와중에—— 오토와가 바닥을 박차고 뛰쳐나갔다.

"뭐야?! 오토와——."

"요즘 작품에는, 뛰는 좀비도 자주 나와."

아니, 그러니까 이건 영화가 아니라 현실——

"바보야, 안 돼! 그 녀석은 뭔가 이상——."

내가 말렸지만, 듣지도 않고 삽을 휘두르는 오토와.

노린 곳은 항상 하던 대로 머리—— 아니, 목. 마지막으로 내디딘 발을 축으로 삼아서 반 바퀴 회전, 작은 체구지만 온몸의 체중을 실은 일격은 삽에 도검 수준, 또는 그 이상의 절단력을 부여—— 해야 했는데.

“——?!”

울려 퍼지는 금속과 금속의 비명.

순간, 우리는 자기 눈으로 본 그 광경을 믿을 수가 없었다.

좀비가…… 쇠파이프로 오토와의 삽을 막아냈다. 마치 검사가 자기 칼로 상대의 칼을 막아내는 것처럼—— 아니, 거기서 그치지 않고.

“크……?”

다음 순간, 좀비가 쇠파이프를 빙글, 돌렸다. 삽을 걷어내려는 것 같은 그 동작으로, 오토와가 잡고 있던, 애용하는 무기를 간단히 날려버렸다.

“세상에……!”

이건 아무리 봐도 생전의 행동을 모방하는 게 아니다. 현재 상황에 적합한 대처 행동——『기술』이다. 이 좀비는 기계적으로 움직이는 게 아닌가?!“

“오토와 양!!”

시노가 위기감 때문에 갈라진 목소리로 외쳤다.

오토와는 신속하게 반응했다.

왼손으로 움켜쥐려고 뻗어온 좀비의 손을 피하기 위해 몸을 낮췄다. 우리 위치에서는 오토와의 몸 때문에 가려져 있던 좀비의 상반신이 완전히 드러났고——

——총소리.

실내에서 발사된 레밍턴 M700의 소리는, 우리의 머리를 후려치는 것 같은 굉음이었다. 나도 모르게 얼굴을 찌푸리면서도── 봤다.

권총탄과는 비교도 안 되는, 대형 짐승을 사냥하기 위한 라이플탄이, 좀비의 가슴 한복판에 착탄했다. 급하게 저격해야 했기 때문에 움직임이 빠른데다 면적도 작은 머리가 아니라…… 시노는 몸통, 그것도 뇌에 직결돼 있을 척추 부분을 노린 것이다.

여전히 훌륭한 판단력이다── 하지만.

"……!!"

좀비는…… 살짝 흔들렸을 뿐이다.

말도 안 돼?! 신체를 『의식적으로』 조종하고 있는 이상, 뇌나 척수가 어떤 기능을 하고 있어야 하는데. 그런데, 쓰러지기는커녕…….

'빗나갔나? 하지만…….'

인체는 의외로 『저항』이 크다고 한다.

발사된 탄환은 대부분이 살에 걸려서 똑바로 전진하지 못한다고 한다. 몸 한복판에 착탄한 것처럼 보였지만 아주 조금, 척추에서 빗나간 걸까?

하지만, 그렇다면 라이플탄이 그대로 몸 뒤쪽으로 빠져나왔어야 하는데── 관통한 흔적은 없다. 수렵용 소프트포인트 탄두라서 관통하지 않고 체내에 박힌 건가? 이 거리에서?

"오토와, 위험해! 뭔가 이상해! 일단 철수해!"

"…………."

오토와는── 움직임을 멈추고 일어나는 바보 같은 짓을 하지 않고, 우리 쪽으로 데굴데굴 굴려서 좀비와 거리를 벌렸다. 좀비가 오토와를 쫓아오려고 걸어오기 시작했지만, 거기서 우에무라 씨가 등에 메고 있던 모스버그 M500 산탄총을 쐈다.

좀비는── 잠깐 발을 멈췄을 뿐이지만, 그걸로 충분했다.

"이쪽!"

"히로아키, 오토와 양, 이쪽이에요!"

휠체어를 반 바퀴 돌려서 타임머신 실험장에서 나가는 시노와 시이코.

나와 오토와 그리고 우에무라 씨는 그 뒤를 따라갔다. 몇 걸음 걸어가다가 산탄총, 그리고 UMP를 발사해서 좀비의 발을 묶으면서, 우리도 몇 초 늦게 타임머신 실험장에서 도망쳤다.

게임에서는 보스 캐릭터가 특정한 장소에서 이동하지 않는 패턴도 많지만…… 저 좀비한테 그런 걸 기대하면 안 되겠지.

"오토와, 어떻게 된 거야?! 저놈, 왜 저렇게 센 건데?!"

"나도 몰라. 지금까지랑 다른 타입."

뛰어가면서 재주도 좋게 고개를 갸웃거리는 오토와.

그러고 보니 이 녀석, 삽도 챙겨왔네. 정말 빈틈이 없어.

"저거랑 비슷한 거라면, 악령 타입이나 사자 소생 타입……? 하지만, 무기 사용이나, 갑자기 버전이 달라진 예는……."

혼자서 중얼거리는 오토와.

큰일 났다. 오토와조차도 곤혹스러워하는 좀비라니――그나저나 저거 진짜 좀비 맞아?!"

"히로아키! 이쪽이에요!"

먼저 다른 방에 도달한 시노가 우리한테 손짓했다.

우리는 뛰어드는 것처럼 그 안으로 들어가서는, 온 몸을 써서 두꺼운 철문을 밀어 닫았다. 솔직히 이걸로 얼마나 버틸지는 모르겠지만.

"……여기는."

무슨 보관고려나. 선반들이 잔뜩 줄지어 있다.

"쓰러트릴 테니까 떨어져."

그렇게 말하고, 어깨로 선반을 밀어서 문 쪽으로 쓰러트리는 오토와. 선반에 있던 약병들이 요란한 소리를 내면서 깨지고 내용물이 바닥에 쏟아졌지만, 이걸로 일단 쫓아오지는 못하겠지.

……그나저나, 연구소에 있는 약병들을 함부로 깨트려도 되는 걸까?

"……오토와 양, 뭔가요 저 좀비는?!"

"모르겠어…… 하지만, 분명히 지금까지와 별종."

시이코의 휠체어를 밀며 방 안쪽으로 향하며 묻는 시노

── 그리고, 거기에 확실하게 대답하지 못하는 오토와.
한편, 뒤쪽에 있는 문에서는 깡깡, 하고 문을 후려치는 소리가 들려온다. 역시 쫓아오고 있다. 문과 선반이 어느 정도 시간을 벌어주겠지만── 아마도 오래 버티진 못하겠지.
"젠장, 정말 뭐냐고, 저거……?!"
이 방에 출입구가 저기 하나밖에 없다면, 우리는 여기서 저 괴물을 상대해야만 한다. 넓은 장소에서 정면으로 싸우는 것보다는, 차폐물이 많아서 저 좀비가 파이프를 마음대로 휘두르기 힘든 여기가 비교적 유리할 지도 모르겠지만…….
"시이코 양── 이 방은."
"보다시피 약품 보관고야."
시노의 질문에 대답하는 시이코.
분명히 잔뜩 줄지어 있는 선반에는 크고 작은 약병들이 잔뜩 놓여 있다. 게다가 레이블에는 전부 영어로 적혀 있어서, 뭐가 들어 있는지 전혀 모르겠지만.
"그나저나 약품 보관고라면 그거 있잖아. 시이코, 여기 있는 약품을 써서 뭔가──."
"무리야."
시이코가 바로 그렇게 말했다.
"폭발이건 강한 산성이건, 그렇게 간단히 합성할 수 있을 리가 없잖아. 그리고 폐쇄된 공간에서 그런 걸 쓰면 우리도 무사하지 못할 거라고."

"……지당하신 말씀이네요."

총이 소용없다면 폭파하자는 건 역시 너무 안이한 발상이었나. 산성── 용해액 같은 것도 녹이는 과정에서 유독가스가 발생하기라도 하면 우리도 끝장이고.

수류탄은 나랑 우에무라 씨가 한 발씩 가지고 있지만, 그것도 쓰기 힘든 건 마찬가지다. 아니, 그 전에 라이플탄을 맞고도 멀쩡한 저 좀비한테 수류탄이 먹힐지도 의문이다. 결국 수류탄의 살상력은, 폭발하면서 뿌리는 파편에 의해서 발휘되는 건데── 파편 하나하나가 라이플탄보다 강력한 것도 아니니까.

그러면…… 대체 어떻게 해야 하지?

"히로아키, 이제 어쩌지?"

"어쩌긴── 여기서 도망쳐야지. 그것 말고는 없잖아."

타임머신은 존재하지만 움직이지 않는다.

게다가 엄청나게 강력한 괴물도 있다.

키스 웨인도 우리 편이 아니다.

내가 그렇게 판단한 걸 들여다보기라도 한 것처럼──

『아니, 도망치면 곤란하지.』

갑자기 방 안에, 아주 속 편한 말투로, 키스의 목소리가 울렸다.

젠장. 역시 이 방에도 CCTV 같은 게 있는 건가.

『어라, 놀랐나?』

"이 자식, 대체 무슨 꿍꿍이야?!

나는 천장을 향해서 소리를 질렀다.

『사실 놀란 건 나도 마찬가지지만. 설마 너희가 저걸 상대로 300초 이상이나 생존할 줄은 몰랐어. 귀중한 데이터야. 감사할게.』

"무슨 소리를——."

시노가 소리쳤지만, 시이코가 시노의 손을 잡고 고개를 저었다.

조용히, 말하게 두라는, 그런 뜻이겠지. 키스가 적이라는 걸 이해한 시이코는 당장이라도 울음을 터트릴 것 같은 표정이지만, 그래도 꾹 참고 『최선의 방법』을 사용하려는 시이코를 보고—— 시노도 두 말 않고 따라줬다.

『저건 완성체다.』

시이코가 예상한대로, 키스는 의기양양한 말투로 설명하기 시작했다.

"완성체? 역시 좀비가 아니라는 건가?"

『아니? 자네들이 말하는 좀비이기도 하지.』

키스는 그렇게 말했다.

『애벌레와 나비는 형태가 다르기는 해도 같은 개체잖아? 애벌레는 나비고, 나비는 애벌레…… 그런 의미에서 본다면, 저건 역시 좀비라고 해야겠지.』

"……한마디로, 좀비가 진화했다는 건가?"

오토와가 그렇게 물었다.

『아니, 이 상황에서 진화라는 말은 적절하지 않겠지. 그건 종족 전체 레벨에서의 이야기니까. 오히려 개체 레벨에서의 환경 적응에 가깝지. 비밀을 밝혀주지. 저건── 너희 입장에서는 미래, 약 100년 뒤에서 보내온 섬멸 병기야.』

"……미래?! 병기?!"

뭐야 그거. 미래에서 보내온 게 그런 황당무계──

…………아, 우리는 타임머신을 찾으러 여기에 왔지.

『본체는 현미경 레벨의 미세 기계…… 즉 나노머신이지. 이 나노머신은 인체에 침입하면 제일 먼저 신경계에 정착해서 육체의 주도권을 빼앗고, 일단 생명 활동을 정지시킨 뒤에 인체 자체를 재료로 삼아서 병기를 제조해가지.』

"…………나노머신."

뭔가 짚이는 게 있는지── 시이코가 신음하는 것처럼 중얼거렸다. 잠깐만. 그러고 보니 노스리버가 개발하던 물건 중에 분명히 나노머신도 있었던 것 같은데?

『동시에, 전력을 확보하기 위해서 남는 나노머신을 다른 개체의 체액을 통해서 「감염」시키지. 자신은 원래의 육체가 완성될 때까지의 보호용 완충제── 다르게 표현하자면 고치로 사용하면서, 그 안쪽에서 본래의 모습으로 성장해가지.』

"고치로 삼아서…… 만들어간다…… 저 좀비가?"

잠깐. 잠깐, 잠깐, 잠깐만. 그렇다면 한마디로, 지금 있는 좀비도 전부…… 시간이 지나면 최종적으로는 저렇게 강력한 괴물이 된다는 건가?!

'시노네 아버지……!'

나는 그 코사하나 좀비가 말을 하고 총을 쏘는 걸 봤다.

그건…… 어쩌면…….

『전쟁에서 종종 문제가 되는 것은, 적지로 보낸 전력의 유지와 관리지. 그 전장이 멀면 멀수록 병참 문제가 생기고. 전력을 유지하려면 방대한 물자가 필요한데, 그것을 수송하려면 또 병력이 필요하지. 너무 긴 보급선은 패배를 부른다. 미래에서 과거로 침략한다면 더더욱 그렇고. 하지만 하나부터 열까지 전부 현지에서 조달한다면 어지간한 문제는 해결되지 않겠어.』

"……!"

즉, 식량과 무기는 물론이고 병력까지 현지에서 조달하면…… 된다고? 현지의 인간을 죽이는 것과 병력과 무기 조달을 동시에 진행할 수 있다면, 그건 분명히 이상적인──

『그런데 말이야. 이 병기 시스템에도 결점은 있어. 적 세력을 섬멸할 정도의 전력을 확보하는데 의외로 시간이 오래 걸린다는 점이지. 하다못해 최초의 몇 대만이라도 완성체 상태로 보낼 수만 있다면 시간을 상당히 단축할 수 있는데…… 이것만은 어쩔 도리가 없어. 타임머신으로 보낼 수 있는 건 정보뿐이니까.』

"키스! 설마 그건──."

『시이코는 정말 머리가 좋다니까. 맞아. 노스리버가 추진하고 있는 몇 가지 개발 계획…… 그것은 미래에서 보내온 정보를 바탕으로 조립한 것이지. 나노머신도 그렇고. 한마디로 자네들은 자신을 멸망시킬 병기를 만들고 있었어.』

키스의 말투는 여전히 가볍다. 그저 가벼울 뿐이다. 조롱하는 기색도 자신만만해하는 기색도 없다.

뭐야 이 자식——

"나노머신도, 타임머신도, 키스가 총괄한 개발 계획인데——."

『미래에서 압축 데이터 형태로 보내온 「나」를 처음 발견한 건 키스 웨인이지. 그는 모든 것을 미래에서 보낸 「선물」이라고 믿고, 아주 기뻐하면서 계획을 추진해줬어.』

"……『그』? 『나』? 키스, 그게 무슨……."

『아. 혼란스럽게 만들어서 미안해. 오리지널 키스 웨인은 이미 죽었어. 사실 지금 거기 밖에서 문을 두드리고 있는 게, 원래는 키스 웨인이라고 불리던 개체지.』

"——?!"

깜짝 놀라는 시이코.

"아, 아니야…… 키스는, 그렇게 체격이……."

『**알맹이**가 완성됐으니까. 아무래도 **부풀게** 되지.』

"——그래서."

솔직히, 소리 지르고 싶은 기분을 꾹 참으면서 물었다.

"지금 의기양양하게 떠들고 있는 너는, 대체 누구야?"

『엄밀하게 따지자면, 나는 키스 웨인의 인격을 복사해서 대인용 인터페이스로 사용한 인공지능 프로그램이지. 미래에서 직접 키스 웨인의 뇌로 보낸 최초의 데이터고, 지금은 이 제1연구소의 컴퓨터상에 탑재돼서 가동하고 있지. 나는 타임머신과 나노머신 계획의 입안자이자 설계자, 그리고 자네들이 좀비라고 부르는 섬멸병기 시스템의 감독자. 딱히 이름은 없으니까 키스라는 이름을 쓰고 있지만.』

"트로이의 목마……."

시이코가 신음하는 것처럼 그렇게 말했다.

그렇다. 그건 분명히 트로이의 목마다.

뇌에 직접, 인공지능 프로그램의『씨앗』을 심은 키스는, 아마 자기 자신도 모르는 사이에── 자신의 발상이라도 믿으며, 노스리버 사내에서 타임머신 계획을 시작했다. 그리고 시제형 타임머신을 이용해서 보다 빨리, 대용량의 정보를 컴퓨터로 직접 받아들일 수 있게 된 뒤에는 나노머신 개발에 착수── 그것이 인류를 멸망시키는 병기인 줄도 모르고, 미래에서 보내온 훌륭한 선물이라 믿고서, 그는…….

"나노머신과 타임머신의 개발이 엄청난 속도로 진행된 것도……."

『당연히 미래에서 온「샘플」이 있었기 때문이지.「내가」기간 부분을 설계했으니까.』

키스…… 가 아니라 인공지능은 간단히, 그렇게 인정했다.

『하지만…… 이 인격을 복사한 대인용 인터페이스도, 솔직히 말해서 장단점이 있어. 아무래도 인공지능이 이 인격 데이터에 끌려다니는 부분이 생기거든. 인공지능으로서의 「나」는 이렇게 말이 많도록 설계되지 않았는데. 자신의 성과를 자랑하고 싶어 하는 건 오리지널의 나쁜 습관이야.』

문이 찌그러지는 날카로운 소리가, 방 안에 울린다.

큰일이다…… 이대로 가면 안에 들어오는 것도 시간문제다.

『자, 내 얘기는 여기까지. 병기 가동 시험을 계속하자.』

"——!"

금속이 일그러질 때 나는 비명 같은 파괴의 소리가 울리고, 억지로 벌어지는 문과 벽 사이의 틈새로 빨갛게 빛나는 눈동자가, 우리는 빤히 노려보는 모습이 보인다. 이미 표면이 완전히 썩어버렸고, 조금 전에도 안구 같은 건 보이지도 않았는데.

한마디로 그건가— 불쌍한 키스 웨인의 몸 안에서, 그의 시체를 **고치**로 삼아서 성장해온 병기의 본체라는 뜻인가. 썩은 살은 다 성장할 때까지 사용하는 완충제고.

"……어쩔까, 오토와."

"좀비가 아니면 내 전문 분야가 아냐."

"그렇겠지."

이 상황이 돼서도 오토와랑 이런 얘기를 할 수 있는 건 기쁘지만.

솔직히── 나는 머리 위로 덮쳐오는 엄청난 절망감 때문에, 지금 당장이라도 울고 싶을 지경이었다.

●

섬멸 병기의 『완성체』…… 그게 어떤 건 모른다.

하지만 좀비를 『고치』로 삼아서 발생하는 그것은 대체 어떤 것일까.

그 부패해서 이상한 냄새를 풍기는 시체 부분은 이미 외장에 불과하다. 시체에서 발생하는 구더기처럼 나노머신이 사체 부분을 잡아먹어서 분해하고, 재구축하는 것이다. 적어도 키스의, 아니, 자신이 키스라고 하는 인공지능의 설명만 들으면.

'하지만…… 곤충의 『고치』는 움직이지 않는데.'

곤충의 변태는 기본 구조부터 완전히 새로 만드는 것이고, 그렇기 때문에 변태 중에는 움직이지도 못한다.

하지만 좀비는 움직인다. 움직이면서 공격한다. 그렇다면── 그 안에 있는 섬멸 병기는 좀비의 부패를 먹고서 변태 작업하는 중에도, 인형 탈처럼 그것을 몸에 걸친 채로 활동하고 있다는 뜻이 된다.

그렇다면 그건 오히려 갑각류의 탈피에 가까울 것이다. 아마도 그 병기의 『완성체』도 인간형이거나 그것에 가까운 구조겠지.

그렇다면――

"안쪽으로!"

나는 다른 사람들을 재촉하면서, 선반 사이를 지나 약품 보관고 안쪽으로 후퇴했다.

하지만 지금 당장이라도 좀비가 들어오려고 하는 그 문을 똑바로 보면서――.

"히로아키, 어쩌려는 건가요?!"

후퇴하면서, 시노가 물었다.

"섬멸병기인지 뭔지는 모르겠지만, 일단 벽을 뚫고서 들어오지는 못하는 것 같으니까. 문 틈새로, 변형해서 쑤욱~ 하고 들어올 수도 없고."

"그건―― 그런 것 같은데."

"그러니까 저놈은 제대로, 문을 열고 들어올 거야. 저리서, 아마도, 똑바로, 들어오겠지. 친절하게도, 사람처럼 말이야."

"아……."

아무래도 시노는 눈치챈 것 같다.

"무슨 뜻이야?"

오토와도 물었다.

"저놈이 문을 다 열고 안으로 들어온 그 순간에, 집중포화를 퍼붓는 거야."

저 녀석이 제아무리 재빠르더라도 소용없다. 저놈이 이 보관고에 들어오려면 지금 현재, 힘들게 열고 있는 저 문을 통해서 들어오는 수밖에 없다.

게다가 들어오자마자 좌우에 있는 약품 선반 때문에 움직임이 제한되고,

우리는 제대로 조준할 필요도 없이, 총알을 있는 대로 퍼부을 수 있을 것이다.

"시이코는 더 안쪽으로. 다른 출구가 있다면 거길 열어줘. 나랑 우에무라 씨랑 시노는 총으로 응전──."

그리고 오토와 쪽을 봤다.

"하지만, 만약 그걸로 쓰러트리지 못했을 때는."

"……맡겨줘."

오토와가 삽을 들고서 고개를 끄덕였다.

"그때는, 내가 편하게 보내줄게."

"그게 아니거든?!"

"아니었어?"

"최악의 경우에는 시이코 데리고 도망치라는 얘기야! 만약에, 안쪽에 다른 출구가 없으면…… 우리가 끌어들이는 사이에, 선반 옆으로 돌아서 저 출입구로 도망쳐."

저런 괴물이 있는 이상── 아니, 애당초 좀비 참사가 발생한 이상 타임머신은 진짜다. 그렇다면 만약 우리가 전멸한다고 해도, 과거로 돌아가서 상황을 바꿀 수 있을지도 모른다. 그러려면 타임머신을 조작할 수 있을 시이코와, 그런 시이코를 지킬 사람이 꼭 필요하니까── 최소한 그 두 사람은 지켜서 도망치게 해야만 한다.

"——옵니다."

우에무라 씨가 모스버그를 겨누면서 말했다.

나는 UMP와 MP9을 양손에 하나씩 들고, 시노는 내 옆에서 M700을 겨눴다.

"먼저 안쪽으로 가 오토와, 시이코!"

오토와한테 무전기를 던지면서 그렇게 말했다.

"노리는 건 상반신—— 특히 머리야. 저 녀석이 사람 모양인 이상, 거기에 중추나 감각 기관이 집중돼 있을 가능성이 크니까."

"알겠습니다."

"알았어요."

우에무라 씨와 시노가 대답해줬다.

문을 완전히 열자, 썩은 살 속에서 빨간 눈이 번쩍거리는 좀비는, 한 손에 쇠파이프를 들고서 곧장, 이쪽을 향해 다가왔다.

"성체네 뭐네 했지만…… 결국은 좀비니까."

나는 UMP와 MP9을 든 손을 교차해서, 두 팔을 지탱하면서 말했다.

단순히 육체적인 성능만 비교하자면, 인간은 오히려 힘없고 나약한 동물이다.

그런 인간이 지구의 패자가 될 수 있었던 것은, 단순히 그 지혜가 불리한 상황조차도 뒤집을 수 있는 최강의 무기였기 때문이다. 그런 지혜를 버린 좀비는 역시 인간에게

이길 수 없다.

“쏴!!”

우리는 바보처럼 똑바로 달려오는 그놈을 향해── 있는 대로 탄약을 퍼부었다. 기관단총 탄환, 산탄총 산탄, 그리고 라이플의 고속탄. 종류가 다른 세 종류의 탄환이 『면』을 이루면서 놈을 때렸다.

그것은 가로 방향에서 쏟아지는 철과 불의 비── 인간 지혜의 상징이라고도 할 수 있었다.

도탄이 주위 선반에 있는 약병을 파쇄하고, 이상한 냄새가 퍼지고, 그리고 유리 조각과 플라스틱 조각이 쏟아졌다. 상대가 사람이라면 틀림없는 오버킬인 파괴력의 급류가, 그 놈의 시커먼 몸을 감쌌다.

좋았어. 섬멸병기 성체인지 뭔지는 모르겠지만…… 총탄을 이 정도로 맞았으면 다진 고기가 될 수밖에 없겠지.

나는 그렇게 생각했다── 하지만.

“──어?”

다음 순간…… 좀비의 거구가 뛰어올랐다.

“말도 안 돼………….”

나는 그저 멍하니 중얼거리는 수밖에 없었다.

좀비는 쇠파이프를 휘둘러서 총탄 일부를 쳐내고, 튕겨내고, 게다가, 그 뒤에── 바닥을 박차고, 벽을, 선반을, 또는 천장을 차고, 우리가 발사한 총탄을 회피했다.

사람 모양인 이상 움직임도 거기에 따를 거라고 생각했

었다. 하지만 아니다. 저건 오히려 원숭이나 고양이 같은, 평면이 아니라 입체공간을 자유롭게 돌아다니는 생물이었다.

"이런, 도망쳐!"

나는 시노와 우에무라 씨한테 그렇게 말하고 나도 뒤로 물러났다.

"히로아키 씨?!"

"내가 유인할 테니까, 먼저 도망쳐!"

기관단총 두 자루를 연사하면서 소리쳤다.

"하지만—"

"도망치세요, 아가씨!"

우에무라 씨까지 UMP 기관단총으로 바꿔 들고 연사하면서 말했다.

길고 무거운 볼트액션식 M700 라이플은 저렇게 뛰어다니는 표적을 노리는 데는 적합하지 않다. 애당초 이런 장소에서 저 놈을 쫓아서 라이플을 휘두르면, 틀림없이 선반에 걸린다.

여기는 대량의 탄환을 퍼부을 수 있는 기관단총을 든 사람이 저놈을 붙잡는 수밖에 없다.

『히로아키, 좀비는 해치웠어?!』

시이코가 무전기를 통해서 물었다. 아무래도 안쪽에 다른 출입구가 있었던 것 같다. 시이코와 오토와는 더 이상 여기에 없는 것 같으니까.

"미안! 최악의 전개다!"

"히로아키 씨, 탄약이 떨어졌습니다."

우에무라 씨가 UMP를 버리면서 말했다.

어느새 내 UMP와 MP9도 탄약이 떨어져서 침묵해 있었다.

"놈은── 그놈은 어디 있지?"

나는 허리에 차고 있던 〈사쿠라〉를 뽑으면서 소리쳤다. 우에무라 씨도 마카로프를 뽑고 있었다.

"죄송합니다, 놓쳤습니다!"

소리치는 우에무라 씨.

복잡하게 뛰어다니던 좀비는 덩치가 그렇게 커다란 주제에, 잠깐 눈을 뗀 틈에 우리 시야에서 사라졌다. 아마도 잔뜩 줄지어 있는 선반── 그 뒤쪽 어딘가에 있겠지.

"젠장…… 어떻게 해야 저 괴물을 해치울 수 있지?!"

"히로아키, 히로아키도 빨리 이쪽으로──."

"시노! 우에무라 씨랑 같이 시이코네랑 합류해서 탈출 경로를 확보해줘!"

"예? 하지만──."

"그리고, 만약의 경우에는──."

그렇게 말하고, 나는 〈사쿠라〉를, 시노한테 떠넘기는 것처럼 줬다.

"이건…… 하, 하지만, 이건 히로아키의……!"

"됐으니까 가지고 가! 난 이게 있으니까!"

나는 등에 메고 있던 시노 아버님의 총── 〈라이트 웨이트 스토커〉를 들었다. 가지고 있는 무기 중에서는 이게 제일 위력이 강하다. 그래도 저 괴물을 해치울지는 불안하지만.

"여기서 최대한 붙잡아놓을 테니까! 여긴 나한테 맡기고 어서 가!"

한번 말해보고 싶었다니까, 이런 대사!

사망 플래그 확정인지도 모르지만. 이상하게도 무섭지는 않았다. 이 좀비가 만연한 세상, 삶과 죽음이 뒤섞여서 의미를 알 수 없게 돼버린 세상 속을 살아오면서 감각이 마비된 건지도 모른다.

뭐, 그래도 이상해지건 망가지건, 이 위급한 상황에서도 꼴사납게 당황하지 않고 동료들을 지키기 위해서 싸울 수 있다면── 그게 더 좋겠지. 아마도. 응. 멋있다.

"하지만──."

"아가씨, 가시죠."

우에무라 씨가 시노를 재촉했다.

다행이다. 지금은 말씨름하고 있을 때가 아니니까. 저걸 해치울 수 없는 이상은, 한 사람이라도 많이 도망치게 해서 시이코가 있는 데로 보내야 하니까.

"…………!"

선반 뒤쪽에서 흘끗 보인 움직이는 물체를 향해, 〈라이트 웨이트 스토커〉를 발포했다. 약병 하나가 튀고 부서졌지만, 좀비는 또 총탄을 피한 것 같다.

뒤쪽에서 시노네가 도망치는 기척을 느끼며, 나는 큰소리를 질렀다.

"이리 와 이 덩치! 덤벼보라고!"

물론 좀비한테── 병기한테 도발이 먹힐 거라고 생각하진 않는다.

큰 소리로 놈의 주의를 끌기만 하면 되니까. 나머지는 뭐── 기분이고.

"……!"

또다시 선반 너머에서 움직이는 그림자가 보였고, 발포── 하지만, 역시 명중하지 않았다.

'그냥 피하기만 하는 건가? 내가 탄약을 다 소모하게 하려고?'

좀비 자신의 생각인지 자칭 관리자라는 인공지능의 지시인지, 아무튼 좀비는 조금 전까지와 달리 으슥한 곳에 숨어서 나를 도발하는 것처럼 얼핏얼핏 모습을 보여주고 있다.

'가동 시험이라고 했는데.'

그리고 저게 최초의 완성체 섬멸 병기라고, 인공지능이 말했다.

즉…… 인공지능은 다양한 상황에서, 저 좀비가 얼마나 활용성이 좋은지 확인하고 있을 가능성이 크다. 반대로 말하자면 저건 아직 시제기, 실험기일 뿐이고, 어떤 문제가 있어도 이상할 게 없다.

버티면 버틸수록 희망이 보일—— 지도 모른다.

'……어디지.'

나는 신중하게 뒷걸음질 치면서 생각했다.

'저놈이 움직이기 시작하면, 순식간에 거리를 좁힐 테니까.'

엄청난, 그야말로 짐승 같은 속도다. 저놈이 총탄을 피한 건, 음속으로 날아오는 총탄을 눈으로 보고 기판 게 아니겠지. 아마도 우리가 총을 겨누는 움직임에 반응해서 사선을 특정하고, 자기 몸을 그 사선 밖으로 뺐을 뿐이다.

마찬가지로 우리도 저놈의 움직임 자체에 반응하는 게 아니라, 움직임의 조짐을 보고 거기에 반응해야만 한다——

나는 내 숨소리조차도 최대한 줄이면서 놈이 어디 있는지 찾았다.

그리고——

'——뒤쪽?!'

어느새 뒤로 돌아온 거지.

바로 뒤에서 느껴진 기척에, 나는 몸을 돌리면서 라이플을——

"……히로아키."

——들이댔더니, 오토와가 있었다.

"뭐, 뭐 하는 거야 너?!"

하마터면 쏠 뻔했잖아.

"히로아키가 좀비가 돼버리기 전에 내가 보내주려고."

"내가 당연히 물릴 거다 이거야!? 이럴 땐 『히로아키를 도와주려고』 정도는 말 해보라고!"

"창피해."

"너 여유가 넘친다?!"

그런 소리를 하면서도── 나는 오토와와 함께 더 뒤로 후퇴해서 약품 보관고 밖으로 나왔다.

통로는 외길이고, 폭이 넓은 데다 천장도 높다.

위험한데, 이거…….

"온다."

약품 보관고에서 천천히 모습을 드러낸 좀비를 보면서 말했다.

"히로아키──."

오토와가 전에 준 MP9과 예비 탄창을 내밀었다.

"히로아키가 쓰는 게 유효."

"……미안해."

나는 MP9을 받아서 들고── 좀비를 향해서 사격.

하지만 좀비는 이번에도 맹렬한 속도로 뛰어다니면서, 나 총격을 간단히 피했다.

"먹히지도 않는데 왜 피하냐고?!"

내가 생각해도 이상한 소리를 하면서, MP9의 탄창이 텅 빌 때까지 계속 쐈다.

"젠장…… 진짜 괴물이네?!"

상대는 총 같은 원거리 무기도 없는데, 100발이 넘는 탄약을 소비하면서도 아직까지 쓰러트리지 못했다. 정말로 어느 날 저런 게 수백만, 아니, 억 단위로 발생한다면—— 지금 있는 좀비가 머지않아 저렇게 돼버린다면, 인류가 이길 방법은 없겠지.

하지만…….

"……히로아키, 잠깐, 저기 봐."

오토와의 말을 듣고, 나는 총을 산발적으로 쏘면서도, 눈을 가늘게 뜨고—— 그걸 봤다.

"뭐지……?"

뚝뚝 떨어지는 검은 덩어리.

저건…… 좀비의 썩은 살인가? 살이 뭉개져서, 벗겨지고 있는 거야?

"혹시, 자기 붕괴?"

"그런—— 가?"

사람보다 조금, 아니 훨씬 큰 개체가 소형 원숭이처럼 뛰어다녔다. 부패해서 찢어지기 쉬워진 살이 골격에서 벗겨지고 떨어진 건가.

만약 그렇다면 만세인데——

"뼈가 보여. 역시 저 좀비, 붕괴하고 있어."

오토와가 가리킨 쪽에서는 내가 사격을 멈춘 탓인지 저쪽도 움직임을 멈춘 좀비가 있다. 분명히 여기저기 살이 떨어지고, 그 밑에서 골격 같은 게 드러나고 있다.

정말? 정말로 붕괴하기 시작한 건가?

"그래—— 좋았어! 그대로 무너져라 무너져! 그냥 뭉개——."

내 대사는 중간에 얼어붙었다.

좀비의 살은 한 걸음씩, 이쪽으로 다가올 때마다 주먹 한 개 만큼씩 떨어졌다. 그 밑에서 드러난 것은 하얀…… 아니, 은색의, 골격이다.

그렇다. 마치 스테인리스 같은 소재로 만든 것 같은——

"…………뭐야…… 저거……."

그러고 보니…… 좀비에 비하면 약간 마이너한 감은 있지만.

판타지 같은 데서는 마찬가지로 시체가 움직인다는 의미로, 『스켈레톤』이라는 것이 나온다고 들은 적이 있다. 좀비와 달라서 살과 장기는 완전히 썩어서 없어지고, 골격만 남은 죽은 자.

그것이—— 거기에 서 있었다.

그것이 판타지 소설이나 영화에 나오는 것과 다른 점은 골격이, 한눈에 봐도 금속이라는 점이었다. 갈비뼈 안쪽도 텅 빈 게 아니라 뭔가 기계장치 같은 것이 움직이는 게 보인다. 내연기관 같은 엔진 소리는 하나도 안 나지만.

"……고치라는 게……."

분명히 인공지능은 그렇게 말했다.

난 고치라는 표현을 보고 안에서 키우고 있는 섬멸 병기도 좀 더 생물적인 뭔가일 거라고 상상했었다.

하지만 생각해보면 저건 『나노머신』이 만들어낸 것이다.

그리고 인체에도 철분은 있고, 치아나 뼈 일부는 쇠보다도 단단하다고 하고. 좀비 안에서 키운 건── 금속제 해골 로봇이었다.

그러고 보니 미래에서 보낸 살인 로봇이 나오는 SF 영화가── 그 살인 로봇의 본체가 딱 저런 느낌이었지.

"잠깐, 이런 게 어디 있어……?!"

총알이 안 먹힐 만도 하지.

게다가 나노머신이 만들어냈다면 저 육체──아니, 기체라고 해야 하나──는 어느 정도 자기 수복 능력을 지니고 있을 가능성이 크다.

"좀비인 줄 알았더니 로봇이라니. 치사해."

"치사하고 자시고 따질 문제가 아니잖아!"

"……도망치자. 저딴 건 관심 없어."

"좀비가 아니라고 알게 되니까 아주 담백하다, 응?!"

그런 얼빠진 얘기를 하면서, 덮쳐오는 절망감에게서 눈을 돌리며── 그리고, 알아차렸다.

지금은 메탈 스켈레톤 같은 느낌의 적 주위가, 왠지 일그러진 것처럼 보인다는 걸…… 아니, 아지랑이 같은 게 주위를 감싸고 흔들리고 있다는 사실을.

"열……?"

총알을 잔뜩 맞았기 때문일까?

아니면——

"왠지 움직임이 둔해졌는데?"

그러고 보니까 저거, 조금 전부터 뛰어다니질 않는데.

"뭔지는 모르겠지만 도망치자! 이 틈에!"

우리는 그 아지랑이를 몸에 두른 채 가만히 서 있는 스켈레톤에게 등을 돌리고 뛰어갔다.

●

조금 지나—— 우리는 아까 그 타임머신이 있던 방과 비슷한, 그러면서도 그냥 넓기만 하고 아무 것도 없는 방에 도착했다. 벽에는 셔터가 달린 출입구가 몇 개 있는데, 전부 닫혀 있다. 철로는 없지만 왠지 열차 조차장이 생각났다.

시노와 우에무라 씨, 시이코는 그 방 한쪽에 있었다. 아무래도 막다른 길인 것 같다.

"시이코, 여긴 뭐야?"

"시험실."

시이코가 바로 대답했다.

"여기서 개발한 물건의 내구 시험이나 안전 시험을 하는 방. 고온이나 고압…… 고자기장 같은 그런 부하를 걸면서. 유난히 튼튼하고 지하에 있으니까, 벽을 부수든지 해서 밖으로 나가는 건 현실적이지 못해."

"……멋진 정보 고마워."

나는 신음하는 것처럼 말한 뒤에, 줄지어 있는 셔터 몇 개를 봤다.

"저 셔터 안쪽에는 뭐가 있어?"

"시험에 사용하는 시제기가 있었는데, 그 뒤로 갈 수는 없어."

"한마디로, 막다른 길이라는 것 같아요……."

시노가 비통한 표정으로 말했다.

그렇구나…… 독 안에 든 쥐 신세인가.

"숨을 곳이 없어. 거리를 벌릴 뭔가도 없고. 최악."

오토와가 그렇게 편했다. 지당하신 말씀이다. 그리고 마지막 확인이라도 되는 양── 우리가 도망쳐온 통로에서 그 스켈레톤이 모습을 드러냈다.

"……어?"

좀비가 올 거라고 생각하던 시노와 우에무라 씨, 시노는 놀라서 그런 소리를 흘렸다.

뭐, 당연하겠지. 썩은 살 속에 저런 게 숨겨져 있을 거라고, 보통은 생각하지 못할 테니까. 아니, 살이 썩어서 떨어지면 해골이 남는 건 당연한 일이니까, 오히려 자연스러운 일인가. 뭐 보통 백골이 아니라 금속제지만.

"총탄이 안 먹혔던 건……."

"내용물이 저래서 그랬군요, 아마도. 그런데 저거……."

아지랑이를 몸에 두른 채로 걸어오는 스켈레톤은, 자세히 보니…… 표면이 끓어오르는 것처럼 꿈틀거리고 있었다. 아마도 총탄을 맞아서 찌그러진 부분, 그곳이 순식간에 수복돼서 매끈한 금속 표면으로 돌아가고 있는 것이다.

"나노머신에 의한 자기 수복……!"

시이코가 신음하는 것처럼 말했다.

역시 그랬구나. 원래 저 스켈레토은 좀비 안에서, 나노머신이 만들어낸 것이다. 인간을 재료로 삼아서 전부 바꿔버리는 데는 나름대로 시간이 걸리는 것 같지만, 총탄에 찌그러진 부분 정도라면 말 그대로 눈 깜박할 사이에 원래대로 돌아간다.

단지…….

"——시이코. 물어볼 게 있는데."

"뭔데? 자살 방법이라면 일산화탄소 중독을 추천해."

"번개탄이 어디 있는데. 그게 아니라 말이야. 저 녀석, 아무래도 움직임이 둔해지는 때가 있는 것 같고—— 지금도 달리거나 점프는 못 하는 것 같거든."

움직임이 빠를 때와 느릴 때의 차이가 유난히 크다.

그건 왜일까……?

"……운동에 의해 축적된 열의 방출…… 그리고 자기 수복에도 열이 발생하는 것 같아."

시이코는 엄지손가락 손톱을 깨물면서 말했다.

"전투용으로서 필요한 순수한 장갑 두께와 구동계의 용량을 봤을 때, 저 크기가 될 수밖에 없었다…… 하지만 당연히, 표면적보다 체적이……."

"뭐야? 무슨 얘긴데?"

"21세기의 세계를 침략해서 섬멸하는 걸 상정한 병기잖아? 게다가 물자는 전부 현지조달…… 그렇다면 인간 크기 병기가 가장 효율이 좋아. 당연히 인간이 들어갈 수 있는 곳은 어디든 들어갈 수 있고, 인간이 생활하는 환경을 이용할 수도 있어. 간호용 로봇에 인간형이 좋다는 것과 마찬가지. 용도는 정반대지만."

시이코는 빠르게 그런 말을 늘어놨다.

우리에게 설명한다기보다는, 소리 내어 말하면서 스스로 다시 확인하는 것 같은 말투인데——

"하지만 총기의 공격을 상정한 완강함, 인간 형태를 구동하고, 운동 능력에서도 인간을 압도하는 출력이 대전제. 게다가 자기 수복에도 당연히 발열이 있을 테니까…… 역시 저 녀석, 방열이 따라가지 못하고 있어."

"그러니까?"

"어느 정도인지는 모르겠지만, 저 녀석, 요란하게 움직이거나 자기 수복한 직후에는 움직임이 둔해질 거야. 더위 먹어서 늘어졌다고 하면 알기 쉬울까?"

시이코는 그렇게 결론을 내렸다.

"생물도…… 인간이 땀을 흘리거나 개가 혀를 내미는 것도, 방열 처리를 위한 건데…… 몸이 커지면 커질수록 체내에 열이 고이기 쉬워. 애당초 열은 브라운 운동—— 아니, 고열은 물질의 열화를 촉진시키고, 자성체도 열의 영향을 받으니까, 전자장치에서는 오작동을 유발해, 열은 천적.

아…… 그러고 보니 VR FPS용 게임 머신도 부하가 많이 걸리는 화면이 되면 냉각 팬이 요란하게 돌아갔었지. 자석도 불로 달구면 일시적으로 자력이 사라진다고 했었지 아마?

"——알았어."

오토와가 한 마디 중얼거리더니—— 맹렬한 기세로 뛰쳐나갔다.

"야, 오토와?!"

"지금이 기회."

우리한테 그런 말을 던지고—— 오토와는 스켈레톤을 향해 달려갔다.

"아니, 무모해, 오토와?!"

움직임이 둔해졌다고 해도 완전히 정지한 건 아니고, 보통 사람 정도는 움직일 수 있을 텐데. 게다가 상대는 자기 수복이 가능한데다 금속 장갑까지 달렸다. 맨몸에 삽을 든 사람이 도저히——

"정말이지, 답이 없는 녀석이라니까!"

나는 〈라이트 에이트 스토커〉로 조준하고, 스켈레톤을 향해 쐈다.

자기 수복 때문에 열이 나고 있다면, 계속 공격하면 파괴는 못 해도 계속 움직임이 둔해지게 만들 수는 있을 것이다. 이 정도만 해도 오토와한테는 충분한 지원이 되겠지.

"——!"

시노도 알아차렸는지 M700으로 총격을 개시.

우에무라 씨는 시이코를 감싸는 위치에 서면서 모스버그 산탄총을 들었다. 남은 게 산탄뿐인지── 오토와한테 맞지 않게 스켈레톤만 노리는 건 힘들겠지. 총을 겨누기만 하고 발포는 안 했다.

"이번에야말로."

스켈레톤과의 거리 2미터, 놈이 들고 있는 쇠파이프의 공격 범위 직전에서, 오토와가 사이드 스텝. 그대로 몸을 던지는 것처럼 앞으로 구르고, 기세를 이용하고 삽도 써서 튀어 오르는 것처럼 일어났다.

빠르다. 내가 놀라는 사이에, 오토와가 도약── 상대의 등 뒤에서 그 머리를 향해 삽을 내리쳤── 지만.

"──?!"

삽 끝이 궤도를 그리기 직전에 멈췄다.

스켈레톤이 오토와의 행동을 예측하기라도 한 것처럼, 말도 안 되는 유연성을 발휘해서 상반신을 비틀고, 이것을 삽으로 막아냈다. 그대로, 맹렬한 기세로 쇠파이프를 휘둘렀고, 오토와는 삽과 함께 날아가 버렸다.

"오토와?! 오토와, 괜찮아?!"

가볍게 날아가 버린 오토와는 벽에 격돌── 그대로 바닥에 쓰러졌다.

그대로 기절했나, 싶었는데, 오토와는 기특하게도 살짝 몸을 일으키면서 말했다.

"걱정하지 마…… 뼈는 안 부러졌으니까."

하지만, 자세히 보니 오른손으로 왼쪽 어깨를 누르고 있는 데다 호흡도 거칠다. 아마도 금 정도는 갔겠고, 상당히 아플 것이다.

"오토와 양!!"

시노가 비명 같은 소리를 질렀다.

스켈레톤이 오토와를 향해 걸어가기 시작했기 때문이다.

우리는 계속해서 충격을 가했지만, 스켈레톤은 전혀 신경 쓰지 않았다. 타격이 전혀 없는 건 아니겠지만, 결정적으로 파괴할 만큼의 위력이 부족하기 때문인 것 같다.

'수류탄을 쓸까? ——아냐, 여기서 던지면 오토와도 위험해.'

나는 허리에 달고 있는 마지막 한 발을 생각했다

원래 실내에서 사용하는 건 여러모로 위험하고, 솔직히 장갑 목표에 대해서는 효과를 기대할 수 없겠지. 소이 수류탄이라면 상대의 움직임을 멈추는 효과가 있을지도 모르겠지만. 경솔하게 던져봤자 스켈레톤은 멀쩡하고 오토와만 죽일 가능성도 있다.

"——우에무라 씨."

뒤쪽에서 시이코가 뭐라고 말하는 소리가 들려왔다.

"나를 저 『2번』 셔터 앞으로. 그리고 히로아키, 조금만 더 시간을 벌어!"

"뭐? 이봐——."

잠깐 고개를 돌려봤더니 시이코가 스스로 휠체어를 움직여서 셔터 쪽으로 가려 하고 있다. 우에무라 씨는 『어떻게 할까요?』라고 하는 것처럼 날 보고 있는데——

"시이코 말대로!"

"——알겠습니다."

시노의 한마디에 우에무라 씨는 시이코 쪽으로 달려갔고——

"히로아키 님!"

우에무라 씨가 산탄총을 내 쪽으로 던졌다.

"고마워요!"

말하면서 나는 MP9과 〈라이트 웨이트 스토커〉를 버려서 몸을 가볍게 하고, 한 손에 모스버그를 들고 달려나갔다. 기본적으로 금속제 내탄 장갑이 있어서 총탄이 내부까지 미치지 않는 메탈 스켈레톤에게, 총기로 결정타를 입히는 건 불가능하다.

하지만 대구경 산탄총의 착탄 충격을 이용하면, 상대에게 물리적으로 간섭할 수 있을 것이다.

"이 자식!"

뛰어가면서, 오토와한테 손을 뻗으려고 하는 스켈레톤의 무릎을 노리고 발포했다.

휘청, 자세가 무너지는 스켈레톤. 역시나. 장갑이 있어도 관절 부분은 약하고, 무엇보다 인체 구조를 모방한 이상 적절한 부분에 강한 타격을 가하면 자세를 무너트리는 정도는 할 수 있다. 말하자면 총으로 하는 『무릎 구부리기』다.

……으아, 꼴사납다?!

"도망쳐, 오토와!"

"…………."

오토와는 데굴데굴 구르면서 스켈레톤한테서 떨어졌다.

반대로 나는 스켈레톤에게 다가가면서 모스버그를 조작해서 또다시 총격.

한 발. 두 발. 노리는 건 전부 똑같은 왼쪽 무릎.

하지만 스켈레톤은 내 쪽으로 몸을 돌리더니── 놀랍게도, 들고 있던 쇠파이프를 던졌다.

"으억?!"

재빨리 들어 올린 모스버그에 쇠파이프가 격돌.

그 충격에 모스버그가 「く」 모양으로 구부러졌고, 나는 그 기세를 이기지 못하고 그 자리에서 엉덩방아를 찧었다. 제대로 맞았다면 아마도 뼈가 부서졌겠지.

엄청난 팔 힘이다.

게다가 스켈레톤은 이쪽을 향해 걸어오기 시작했다. 큰일이다. 오토와는 구했지만──

"크윽──."

서둘러 일어나서 뛰려고 했지만, 엉덩방아를 찧으면서 꼬리뼈라도 부러졌는지 너무 아파서 움직임이 둔해졌다.

스켈레톤은 거의 코앞, 저 녀석의 몸에 감도는 열기가 느껴질 정도 거리다.

"——!"

크하…… 하는 숨소리가 들린 것 같다.

스켈레톤이 턱을 한계까지 벌리고, 나를 향해 상체를 기울였다.

이 자식…… 날 깨물, 아니, 먹을 셈인가!

'오토와 기준에서는 이 녀석이 좀비라는 범주에 해당하지 않는 것 같지만, 나노머신 어쩌고 하는 얘기가 사실이라면, 이 녀석한테 물려도——.'

당연히, 좀비가 된다.

"——히로아키!!"

총소리와 함께 스켈레톤의 얼굴에 불꽃이 피었다.

시노다. 시노가 스켈레톤의 얼굴—— 아니, 『눈』을 노린 것 같다. 금속 해골바가지, 그 안와 깊은 곳에서 어렴풋이 빛나고 있던 빨간색 눈 한쪽이 뭉개지는 게 보였다.

"히로아키, 이쪽! 이쪽으로 와!"

이어서 들려온 건 시이코 목소리로.

엉덩이로 땅바닥을 비비면서 뒤로 물러나고, 고개를 돌려보니, 거기에는—— 열려 있는 셔터와 그 안쪽에 골프카트 같은 모양의 차량 한 대가 시이코와 우에무라 씨를 태우고 나오는 모습이 보였다.

뭐야 저거?! 차체는 그렇다 치고, 천장 부분에 커다란…… 위성 안테나 같은 게 달려 있는데?! 뭔가 굵직한 케이블도 달려 있고!

"이거 사정거리가 짧아! 이쪽으로 끌고 와!"

"…………!"

사정거리. 그 말을 듣고 FPS 마니아인 나는 바로 알아차렸다.

뭔지는 잘 모르겠지만, 이게 시이코가 가지고 와준 『비장의 카드』라는 건 알았다. 시이코는 차량 운전을 우에무라 씨에게 맡기고, 자기는 손으로 뭔가를 열심히 조작하고 있었다.

그리고── 동시에.

"──어?!"

방의 조명이, 일제히 커졌다.

그 대신 차량 코끝에 달린 투광기가 켜져서 나, 그리고 뒤에서 쫓아오는 좀비를 비췄다. 차량은 뭔가 둔하고 낮은 구동음을 울리며, 위성 안테나 같은 것을 내 쪽── 아니, 스켈레톤 쪽으로 향하게 했다.

"히로아키, 엎드려!"

외치면서, 시이코가 무슨 레버를 쓰러트리는 게 보였다.

재빨리 바닥에 몸을 던졌다. 어디선가 빠직, 하고 불꽃이 튀는 걸 본 것 같다.

다음 순간──

"──으어?!"

내 바로 옆으로, 스켈레톤이 내 바로 옆으로 뛰어──아니, 미끄러져 갔다. 눈에 보이지 않는 손에 잡아끌린 것처럼, 바닥에 쓸리는 발끝에서 불꽃을 날리면서, 그러면서 반쯤 바닥에서 떠오르며――

이건, 그건가. 자력……?

개발한 제품을 가혹한 환경에 처하게 해서 내구성이나 안전성을 확인하기 위한 시험장. 아마도 저 차량은 그걸 위한 기재―― 즉, 시험에서 사용하는 강력한 자력을, 저 위성 안테나 같은데서 발생시키는 거겠지.

스켈레톤은 10미터 이상이나 끌려갔지만, 거기서 발끝을 바닥에 박고서 멈춰 섰다.

상반신은 아직도 계속 끌려가서 기울어 있지만, 그래도 차량과 3미터 정도 떨어진 곳에서 멈춰 있었다.

"대, 대단한데……?!"

자력을 발생시키는 저 차량도, 그리고 스켈레톤도.

스켈레톤은 뻣뻣하기는 해도 계속 움직이고 있다. 부들부들 떨면서, 한 걸음을 내디디려다, 다시 끌려가는. 그런 줄다리기 상태다.

"움직임은 멈춰놨으니까! 이제 어떻게든 해봐!"

시이코가 소리쳤다.

"보조전력만 가지고는, 오래 못 버텨!"

"그, 그래……!"

나는 스켈레톤을 노려봤다.

복잡한 센서는 역시 수복에 시간이 걸리는지 여전히 애꾸눈 상태다.

즉…… 저 녀석의 자기 회복보다 빠르게 중추 부분을 파괴하면, 아마도 침묵하게 만들 수 있을 것이다.

하지만 스켈톤은 그 자리에 발이 묶인 대신에 두 팔을 휘두르고 있다. 뻣뻣하기는 해도 그 완력이 엄청나다는 건 징그러울 정도로 잘 알고 있어서, 함부로 다가갈 수가 없다. 오히려 저 어색한 움직임 탓에 다음에 어느 쪽에서 팔이 날아올지 알 수 없는 상태다.

역시 총으로 쏘는 수밖에 없다.

나는── 일단 버렸던 〈라이트 웨이트 스토커〉를 주워서 조준했다.

시노도 바로 뒤에서 M700을 겨누고 있는 것 같다.

"어디를?"

"시노가 쏴준 왼쪽 눈!"

"──예."

나는 스켈레톤의 어두운 안와를 조준했다.

이미 한발, M700의 총탄을 맞았으니, 거기를 추가로 쏘면 총탄이 두개골 속까지 갈 수 있을지도 모른다.

"……잠깐, 뭐야?!"

설마 우리의 의도를 간파했는지, 아니면 우리 말소리를 들은 인공지능이 지시했는지── 스켈레톤은 엉뚱한 쪽으로 고개를 돌렸다.

큰일이다. 이대로는 안와를 노릴 수가 없어.

"뭐 하는 거야 이 해골바가지! 이쪽 보라고!"

그렇게 소리를 질렀지만, 당연히 스켈레톤이 대답할 리가 없고——

"히로아키! 빨리!!"

차량의 조명이 깜박거리기 시작했다.

아마도 자기장을 만들기 위한 전력이 다 떨어지고 있다.

나와 시노가 옆으로 이동하는 수밖에 없나—— 그때까지 버틸까?

차라리 몸통 부분을 노릴까?

그런데——

"……오토와?!"

초조해하고 있는 내 시야 한쪽에, 어째선지 오토와가 나타났다.

"너 뭐 하는……?! 야, 잠깐, 설마……!"

"…………."

삽을 들고—— 오토와가 웃었다.

『좀비라면 나한테 맡겨』라고 말하는 것처럼, 자신은 이 순간을 위해서 태어나는 것처럼, 그 귀여운 얼굴에 충실한 기분을 가득 담고서.

으아, 이 자식, 제대로 웃으면 이렇게 귀엽—— 이 아니라!

"——!"

다음 순간, 오토와는 몇 걸음 도움닫기를 한 뒤에, 망설이지도 않고 뛰어들었다.

"당장 저쪽 보라고."

삽의 일격이 스켈레톤의 얼굴을 때렸다. 마치 뺨이라도 맞은 것처럼, 스켈레톤의 목이 90도 회전해서 우리 쪽을 봤다.

하지만—— 동시에.

"——!"

스켈레톤의 손이 뭔가 다른 생물처럼 움직여서, 오토와의 옷자락을 잡았다.

큰일이다. 잡혔다. 오토와가—— 죽는다.

"쏴!!"

소리치면서 방아쇠를 당겼다.

이 거리라면 시노는 물론이고 나도 맞힐 수 있다. 〈라이트 웨이트 스토커〉와 M700의 7.62mm 탄두가 빨려드는 것처럼 스켈레톤의 머리에—— 착탄.

순간…….

으…… 어어어…… 으어어어어어어어어어……!!

지금까지 말이 없던 스켈레톤이 어디서 어떻게 소리를 내는 건지—— 울부짖었다.

해치웠나?

안와를 꿰뚫린 섬멸 병기가 사지를 부들부들 경련시키고 있다. 하지만 그게 놈의 단말마인지 단순히 출력이 떨어지기 시작한 자력 장치 때문인지는 판별할 수 없다.

다시 한번 공격하려고 노리쇠를 조작—— 탄약이 떨어졌다는 걸 알아차렸다.

시노도 마찬가지인 것 같고.

제발! 제발 그대로 죽어줘!

기도하는 심정으로, 나는—— 그다지 도움은 안 될 것 같지만, 허리에 차고 있던 마카로프를 뽑아서 겨누며, 키스 웨인이었던 스켈레톤을 계속 지켜봤다.

그리고…….

“이제 한계야!”

시이코가 외쳤고, 자력 장치가 정지했다.

힘의 균형이 무너지면서 털썩, 스켈레톤의 자세가 크게 무너졌다.

“——오토와!”

나는 깜짝 놀라서 외쳤다. 동시에 천 찢어지는 소리가 났고, 오토와가 해방됐다.

그건 대항인데…… 자력 장치에서 해방된 스켈레톤은 삐걱삐걱 움직이면서 오토와 쪽으로 걸어갔다. 그렇게 쐈어도, 머리에 총알을 박아 넣었어도, 아직까지도 움직인다. 저거 너무 치사하잖아?! 몸통 안에 예비 회로라도 있는 건가?!

금속 입을 거의 한계까지 벌리고, 은색 치아——겠지, 아마도——가 보인다. 흡혈귀처럼, 저걸 몸에 박아 넣고 나노머신을 주입할 셈인가.

오토와 뒤쪽은 벽이라서 도망칠 곳도 없다.
게다가 풀려나면서 다리라도 삐었는지, 오토와는 벽에 등을 기댄 채 움직이지 않았다.
"오토와! 도망쳐!"
큰일이다. 맞아 죽는, 아니, 오토와도 좀비가 된다.
완전히 썩은 오토와의 목을 삽으로 때리는 내 모습을 상상했더니 소름이 돋았다.
안 돼. 그런 짓을 하느니——
"——오토와!"
나는 최후의 최후, 만에 하나의 경우에 자결하려고 아껴뒀던 수류탄을—— 던졌다.
동시에, 한껏 소리쳤다.
"『이렇게 됐으니 그걸 시험하는 수밖에』!"
"…………!"
그 한 마디에 오토와가 깨달았—— 다기 보다는 생각이 난 것 같다.
내가 던진 수류탄을—— 포물선을 그리며 날아간 그것을, 오토와가 삽으로 쳤다. 그것은 정확히, 입을 크게 벌리고 오토와에게 다가가던 스켈레톤의 입에—— 그야말로 웃길 정도로 정확하게 날아가서, 박혔다.
"모두, 엎드려!"
소리치면서, 옆에 있는 시노의 몸을 눌렀다.

——폭음.

막힌 공간이라서 도망칠 곳도 없이 미쳐 날뛰는, 굉음과 충격.

내 귀가 몇 초 동안 안 들렸지만——

"…………."

고개를 들어보니 스켈레톤이 천장을 보는 모양으로, 멈춰 있는 게 보였다.

해치웠나?

기계라서 그런지 그 거구는 단말마의 경련조차 없다. 조각상처럼 그대로 고착된 스켈레톤은—— 몇 초 뒤에, 고개를 살짝 움직여서 우리 쪽을 봤다.

아직도 움직여?! 틀렸나?! 하지만 더 이상— 방법이 없는데?!

내가 전율하고 있는데——

"……눈이……."

시노가 중얼거렸다.

그렇다. 놈의 하나밖에 안 남은 오른쪽 눈이—— 오른쪽 눈에만 들어와 있던 빛이, 경련하는 것처럼 몇 번인가 반짝이고, 그리고는 사라지는 게 보였다.

그리고 찾아오는—— 침묵.

"해치운…… 건가?"

내가 반신반의하면서 그렇게 중얼거린 건, 30초 정도가 지난 뒤였다.

그 말을 증명하는 것처럼, 스켈레톤이 묵직한 소리를 내면서 쓰러졌다.

이미 여기저기가 열화되어 있었는지, 강력한 자력선에 토출된 결과인지, 요란한 금속 부딪치는 소리를 내면서 쓰러진 스켈레톤의 머리가 몸통에서 떨어져 내 발밑까지 굴러왔다.

시험삼아 슬쩍 발로 차봤지만, 병기는 그저 조용할 뿐이다.

"……수고했어."

정지한 몸통을 삽으로 찌르면서 나한테 엄지손가락을 세워 보이는 오토와."

"고마워, 오토와."

나도 모르게 오토와한테 엄지 척으로 대답했다.

"너, 최고였어."

그 급한 상황에서 그 연계.

코사하나 저택에서 『최후의 수단』이네 어쩌네 하면서 골프공으로 좀비를 공격하는 오토와를 봤을 때는, 저게 무슨 바보 같은 짓인가 싶었지만. 그때 오토와의 너무나 정확한 삽 놀림을 기억하고 있던 날 칭찬해 주고 싶고── 그때 했던 대사 한마디를 듣고, 오토와가 내 의도를 알아차려 준 것도 온몸이 떨릴 정도로 기뻤다.

역시 최고야. 최고의 파트너.

"……뭐?"

내 평가에 눈을 깜박이는 오토와.

그 얼굴이 천천히 발그레해지는 게 또 귀여운 게――

"으…… 오토와 양만요?"

오토와의 미소녀다운 모습을 감상하고 있는 내 등 뒤에서 시노가 그렇게 말했다.

"아냐, 무슨. 시노도―― 시노는 원래 최고였어."

"시이코도 그렇잖아요?"

그리고 쿡쿡 웃는 시노.

이쪽은 이쪽대로 역시나 엄청난 미인이라서, 웃으면 매력이 50% 정도 증가하는 느낌이었다.

"벼, 별로 난―― 그게."

쑥스러운지 고개를 돌리는 시이코가 또 귀엽고.

"히로아키의…… 그…… 소…… 소유물로서…… 라고나 할까…… 그러니까…… 책임을…… 응?"

"아니, 그 얘기는 이제 됐으니까."

오토와와 시노의 시선이 괴로우니까.

"우에무라 씨도―― 수고하셨어요. 정말 덕분에 살았어요."

"황송할 따름입니다.

우에무라 씨는 메이드처럼 치마 양쪽을 잡고서 우아하게 인사했다.

그리고――

"——자."

나는 천장을 보면서 말했다.

"아무래도 승부는 난 것 같은데. 뭔가 더 있나?"

CCTV가 어디 있는지는 모르겠지만, 그 녀석은 틀림없이 지금도 우리를 관찰하고 있겠지. 시험이라고 했으니까, 하나도 빠짐없이, 다. 아마도 우리 목소리도 듣고 있을 것이다.

인공지능한테서는 아무런 대답도 없다.

나는 가운뎃손가락을 세워 보였다.

"없냐? 없겠지. 그럼 다음은—— 너다."

●

미래에서 보내온 인공지능.

모든 일을 꾸미고 좀비 참사를 일으킨 원흉이고 내 가족, 오토와의 가족, 시노의 가족, 그리고 시이코에게는 가족이나 마찬가지였던 노리코와 키스를 죽인 원수.

게임으로 따지면 마지막 보스에 해당되는 상대인데——

"……어…… 정말로 그게 다야?"

나는 시이코 쪽을 보면서 물었다.

우리가 있는 곳은…… 배전반들이 잔뜩 있는 방이다.

제1연구소의 메인 컴퓨터 룸.

배전반 안쪽에는—— 투박한 사각형 기계들이 몇 개 줄

지어 있는 게 보였다. 저게 컴퓨터 본체겠지. 인공지능이 들어 있는.

"그게 다야. 어차피 컴퓨터라는 건 커다란 계산기니까."

팔짱을 끼고 말하는 시이코.

당연하다는 것처럼 말하는 시이코를 앞에 두고── 나는 뭐랄까, 소화불량 같다고 할까, 애매하고 답답한 불만을 느끼고 있었다. 뭐지, 그렇게 멋있게 폼을 잡으면서『다음은── 너다』라고 말했으니까, 화끈하게 싸우고 싶다고나 할까…….

"히로아키, 왜 그래?"

"아니 그게, 코드만 뽑으면 끝이라니, 뭔가 아니잖아……."

나도 실수로 VR 게임기 코드에 발이 걸려서 험한 꼴을 당한 적은 있지만.

"죽을 고생을 했는데, 아직도 싸우고 싶어?"

시이코는 질렸다는 것처럼 말했지만, 뭐랄까, 그거랑 이거랑은 다르다고 할까.

"히로아키는 게이머니까."

시노가 씁쓸하게 웃으면서 말했다.

"마지막 보스 직전에 그렇게 고생을 했으니 맥이 빠진 거예요."

"뭐, 그렇다고 할 수도 있지."

내가 씁쓸하게 웃으면서 어깨를 으쓱거렸다.

『아니, 잠깐만, 자네들── 잠깐만 기다려보게나.』

갑자기── 목소리가 들려왔다.

미래에서 온 사자는 어딘가 당황한 말투인데, 이것도 키스의 인격을 대인용 인터페이스로 사용하는 탓에 발생하는 폐해라고 말하려는 걸까.

『이런 짓을 해봤자 소용없어. 나는 단순한 인공지능 프로그램에 불과해. 죽일 수 있는 게 아니라고. 전원을 뽑아봤자 휴식 상태에 들어갈 뿐이야.』

"네가 그 신경에 거슬리는 수다를 그만둔다면, 소용없는 짓도 아닐 것 같은데."

『이 말투는 키스 웨인의 말투고 내 말투가 아니야. 애당초 나는 네트워크를 통해서 얼마든지 다른 연구소의 컴퓨터로 내 프로그램을 대피시킬 수 있어. 소용없어. 헛된 짓은──.』

"하지만 지금 여기서 코드를 뽑으면, 이 제1연구소의 너는 사라지잖아?"

그리고 네트워크도 차단하면 외부에서 간섭할 수도 없다. 적어도 또 다른 좀비 같은 걸 보내거나 어딘가의 방에 가두는, 그런 방해 공작은 못 하게 되겠지.

『그보다 다는 병기 시스템 관리자다. 내가 명령하면 전 세계의 단말── 자네들이 말하는 좀비를 전부 정지시킬 수 있는데 말이지? 그래도 날 지우겠다는 건가? 그리고──.』

"…………."

나는 일단 만약을 위해서 동료들의 얼굴을 둘러봤는데.
일일이 물어보고 확인하지 않아도 알 수 있다.
모든 사람이 『이 자식 바보 아냐?』라는 표정이었으니까.
"좀비를 멈춘다고 죽은 사람들이 돌아오는 건 아니잖아?"
나는 어깨를 으쓱거리면서 말했다.
이제 와서 가족들을 죽인 복수라 같은 소리를 할 생각은 없다. 오토와도 없겠지.
"원수를 갚는다든지, 그런 기특한 생각은 없거든. 그래도 널 깔끔하게 없앨 수만 있다면, 아주 속이 후련해질 것 같아."
"히로아키. 빨리 그 레버 내려. 그러면 끝나."
시이코가 어딘가 메마른 목소리로 그렇게 말했다
키스를 가족처럼 생각했던 시이코 입장에서는, 그의 목소리로 떠드는 이 인공지능의 존재를 용서할 수 없을 테니까.
『야만적이고 유치하다. 이해할 수 없다.』
"그게 인간의 좋은 점이야."
『애당초 나는――.』
――뚜욱.
그런 소리와 함께, 인공지능의 수다가 끊겼다.
고개를 돌려보니 오토와가 삽으로 전원 레버를 후려쳐서 껐다.
"포기할 줄 몰라."
"……그러게 말이야."

나는 긴 한숨을 쉬었다. 끝났다. 일단은.
"……그나저나 어떻게 하지, 이제부터."
나는 다시 한번 동료들을 둘러보고 그렇게 물었다.
"타임머신은…… 진짜였지만, 그거, 안 움직이잖아?"
"중추 부품이 하나 빠져 있어. 인공지능이 좀비한테 시켰겠지. 어딘가에 보존돼 있는지, 완전히 파괴했는지는 모르지만……."
고생해서 여기까지 왔는데, 결국은 헛수고라는 얘긴가.
"『세상을 되돌리는』 건 무리…… 인가."
나는 한숨을 쉬고………… 그리고, 문득 어떤 것이 생각났다.
모든 것을 들여다본 것처럼 나한테 살아남기 위한 메시지를 줬던── 그 캐릭터. 나는 그 뒤에 누군가 살아 있는 사람이 있을 거라고 생각했는데.
"……."
나는 스마트폰을 꺼내서 전원을 켰다.
부팅 화면이 끝나기를 기다리고── 잠금 해제, 인터넷 브라우저 조작.
"뭐 하는 거야, 히로아키?"
"그냥, 아는 사람하고 연락이 될까 싶어서."
의아해하면서 묻는 시이코에게, 씁쓸하게 웃으면서 그렇게 대답했다.
그리고──

『축하합니다. 〈하운드9〉, 데와 히로아키.』

화면에 나오자마자, 〈스트래글 필드〉의 마스코트 NPC 캐릭터, 레이븐이 그렇게 말했다.

"…………뭐?"

시이코는 물론이고 오토와와 시노, 우에무라 씨도 깜짝 놀라서 굳어져버렸다.

그러고 보니 아직 이 녀석 얘기를 안 했던가. 괜히 불안 요소를 늘릴 필요는 없다고 생각했었는데——

『이 시점에서 제게 연락하셨다는 것은, 멋지게 완성체를 쓰러트렸기 때문이라고 추측합니다. 쥬도 오토와, 코사하나 시노, 우에무라 테츠코, 그리고 카츠라 시이코도 무사한 것 같아서 다행입니다.』

"히로아키, 이거……?"

"레이븐, 맞죠?"

오토와가 고개를 갸웃거렸고, 나와 같이 『스트래글 필드』를 플레이했던 시노가 그렇게 물었다. 나는 두 사람에게 고개를 끄덕이고—— 스마트폰 화면을 가리키면서 말했다.

"아무래도 확증이 안 가서 말을 안 했는데. 이 녀석…… 아마도 키스랑은 또 별개로, 미래에서 보낸 인공지능이야."

"——!"

갑자기 테츠코 씨가 마카로프를 겨눴고 오토와가 삽을 치켜들었다.

뭐, 아까 우리한테 좀비네 스켈레톤을 보냈던 가짜 키스를 만났으니까, 인공지능이라는 말을 듣고 경계하는 것도 당연한 일인데…… 내 스마트폰을 부숴봤자, 레이븐은 하나도 안 아플 테니까.

이 녀석의 본체(?)는 아마 지금도 네트워크에 연결돼 있던 어딘가의 컴퓨터 안에 있다. 어쩌면 우리 집 컴퓨터일지도 모르고.

"괜찮아, 이 녀석은 우리 편이야. 시노가 살아 있다는 걸 알려주고 합류하게 한 것도, 아니, 어쩌면 나랑 오토와가 만나게 한 것도, 아마, 이 녀석이야."

"——?!"

놀라는 동료들에게 지금까지 있었던 일들을 설명했다.

"그럼…… 이건……."

『예. 저는 미래의 당신이 만든 인공지능입니다—— 카츠라 시이코.』

"——?!"

눈이 휘둥그레지는 시이코.

『그리고 저를 보낸 것은, 마찬가지로 지금으로부터 대략 20년 뒤의 데와 히로아키입니다.』

"…………뭐, 왠지 그럴 것 같기는 했어."

나는 한숨을 쉬면서 말했다.

"그러면 빨리 그렇다고 말을——."

『함부로 미래의 정보를 제공하면 당신들의 행동이 변화

할 가능성이 있었습니다. 당신들이 최대한 자발적으로 만나고, 싸우고, 살아남기를 바랐기 때문입니다.』

화면 속의 레이븐은 어깨를 살짝 으쓱거렸다.

은근히 꼼꼼하네, 이 녀석.

『그리고 경솔하게 정보를 제공하면 적에게── 키스 웨인을 자처하는 인공지능에게 탐지당할 가능성이 있었습니다. 제가 여러분을 지원하도록 보내졌다는 것을 알면, 시험 따위는 제쳐두고 온 힘을 다해 여러분을 말살하려고 했을 것입니다.』

"…………적."

그 말을 입안에서 굴려봤다.

그렇다. 이건── 이 좀비 참사는 재난이 아니라 명확한 전쟁이었다.

전쟁이라면 적이 이다. 미래에서 과거를 멸망시키기 위해서 나노머신과 인공지능 설계도를 보낸 놈들이.

"적이라는 건……."

『지금으로부터 17년 뒤에 개발되는 인공지능입니다. 인류를 지배하려고 시도해서 전쟁이 벌어졌지만, 당초 예상과 달리 인공지능의 반란으로부터 3년이 지났지만, 인류는 아직도 저항을 계속하고 있습니다. 이대로 가면 끝이 없다고 판단한 인공지능을, 과거로 데이터를 보내서 자기 자신의 개발을 앞당기는 동시에, 저항세력을 가능한 줄이려고 시도했습니다. 그것이 지금의 좀비 사태입니다.』

"............"

우리는 그저 놀랄 수밖에 없었다.

그나저나 이거, 진짜로 『터미네이터』였잖아.

하지만──

"당신, 우리를 지원하기 위해서라고 했지."

갑자기── 시이코가 말했다.

『예. 어머님.』

"어, 어머님?"

『당신이 저를 낳으신 부모니까요. 이 호칭이 적당하겠죠. 20년 뒤의 당신은 제게 그렇게 가르쳐주셨습니다.』

"엄마라니…… 그게 무슨……."

그리고 잠시, 시이코는 뭐라고 중얼거리면서 눈살을 찌푸렸지만.

"아니, 됐어. 그건 일단 미루자. 지원이라면, 히로아키한테 은근히 조언을 해서 우리를 합류하게 하는 게 전부야?"

『아닙니다. 그렇게 되면 세세한 부분은 달라져도, 같은 역사를 되풀이할 뿐입니다.』

그렇게 말하고 레이븐은 자기 앞에 숫자를 표시했다.

175266.

『현재 타임머신으로는 정보를 보내는 데도 몇 가지 제약이 있습니다. 거슬러 올라갈 수 있는 시간에도 제약이 있어서, 대략 17만 5천 시간이 한계입니다. 그래서 저는 좀비와 재해의 근본, 노스리버 사에서 최초의 나노머신이 만들어진 그 날짜까지 거슬러 올라갈 수 없었습니다. 20년 뒤의 여러분은 좀비 재난이 발생한 직후까지만 저를 보낼 수 있었습니다. 그래서.』

레이븐은 또 다른 창을 열었다.

거기에는 작은, 무슨 수정체 같은 격자 모양의 물체가 표시됐다.

『여러분께 부탁드리고 싶습니다. 시간을 더 거슬러 올라가서, 모든 비극의 원인을 없앨 것을. 그것을 위해 저는 미래에서 파견됐습니다.』

"그 부품——."

시이코가 눈이 휘둥그레져서 스마트폰 화면을 가리켰다.

『제거된 타임머신의 부품, 정확히는 그 데이터입니다. 이것 자체는 그렇게 복잡한 것이 아니니까, 이 연구소의 자재를 이용해서 금세 만들 수 있을 것입니다.』

"…………!"

우리는 서로의 얼굴을 마주 봤다.

타임머신을 움직일 수 있다. 여기에 온 건 헛수고가 아니었다.

『여러분은 저희의 기대에 응해서 살아남아 주셨습니다. 자꾸 부탁을 드려서 죄송할 따름입니다만, 다시 한번 부탁드립니다.』

그렇게 말하고, 화면 속의 레이븐이 허리를 굽히고 고개를 숙였다.

『부디 세계를 되돌려 주십시오.』

"…………."

나는 오토와, 시노, 시이코, 그리고 테츠코 씨와 차례로 얼굴을 마주 봤다.

모두가 살짝 고개를 끄덕인 걸 확인하고, 나는 마지막으로 화면 속에 있는 레이븐을 봤다.

"그래. 맡겨두라고."

나는 주먹 쥔 손에서 엄지손가락만 세워 보이면서 말했다.

우리는 처음부터 그러려고 여기에 왔다. 절망 속에서 찾아낸 한 줄기 빛. 그것을 이 손으로 움켜쥐고, 미래를 손에 넣기 위해.

그래서——

"이번에는, 해피엔딩으로 만들어주겠어."

나는 자신만만하게 웃으면서, 그렇게 말했다.

종 장

타임머신이 과거로 보낼 수 있는 건 정보뿐.

하지만 반대로 생각해보면, 정보라면 굳이 컴퓨터 파일이 아니라도 된다.

예를 들어 인간의 정신—— 인간의 인격이나 기억도 정보다.

그리고 정보는 물리적 실체를 지니지 않으니까, 보낼 곳에서 자신을 유지하기 위한 『용기』—— 기억 매체가 필요하다.

그러니까, 인간의 인격이나 기억 정보는 역시 인체에—— 그것도 가능한 원래 본인의 육체나 뇌 구조에 가까운 매체로 보내는 쪽이 잘못될 확률이 적다나. 컴퓨터에 인간의 인격이나 기억을 보내도 제대로 처리하지 못하고, 설령 인간의 뇌로 보낸다고 해도 성별이나 연령이 크게 달라지면, 역시 문제가 발생하는 경우가 많다고 한다.

한마디로…….

●

스마트폰에서 『스트래글 필드』의 테마가 울린다.

몇 번이나, 몇 번이나 들은 익숙한 선율. 알람 대신 설정해둔 것이다.

“…….”

나는 눈을 뜨고, 천장을 바라봤다.

눈을 두 번, 세 번 깜박깜박.

질릴 정도로 익숙한—— 내 방. 시야 한쪽에는 VT FPS용 플랫폼도, 책장도, 그 위에 쌓인 건 콘트롤러 상자도 보인다.

나는 재빨리 베갯머리에 있는 스마트폰을 집어 들고 잠금 해제, 알람을 끄고 달력 앱으로 날짜를 확인했다.

“세상에…………..”

몸을 일으켜서 내 왼손을 쥐고, 펴고, 그게 내 몸이라는 것을, 그리고 내가 분명히 깨어 있다는 것을, 의식했다.

징그러울 정도로 되풀이했던, 더럽게 따분한 일상.

역시 나는 그 한복판에 있고—— 하지만.

“……그건.”

기나긴 꿈을 꾼 것 같은 기분이었다.

그 꿈속에서, 나는, 좀비 참사로 멸망한 세상에서, 믿음직한 동료들과 살아남았고.

그리고——

“…………..”

나는 침대에서 나와, 몇 달 만에 외출용 옷으로 갈아입었다.

“히로아키? 너——.”

“어? 형?”

아래층으로 내려왔더니 식탁에 어머니와 동생 요시아키가 있었다. 몇 달 만에, 그것도 해가 지기 전에 아래층으로 내려온 나를—— 그것도 게임용 군복이 아니라 아주 평범한 외출복을 입은 나를 보고, 두 사람은 깜짝 놀란 것 같았다.

시간은 오후 여섯 시 반. 아버지는—— 아직 회사에 계신가.

"잠깐 나갔다 올게요."

나는 눈이 휘둥그레진 두 사람에게 그렇게 말하고는 현관으로 갔다.

어째선지 두 사람이 살아 있는 게 눈물이 나올 정도로 기뻤다. 하지만 눈물을 머금은 얼굴을 보여주는 건, 너무 창피해서 온몸에 소름이 돋을 것 같다. 그래서 최대한 얼굴을 마주치고 싶지 않다. 적어도 지금은.

"아, 히로아키, 어디—— 그나저나 몇 시에 올 거니? 저녁밥은?"

"시간은 모르겠고, 밥은 밑에서 먹을 테니까 남겨둬요."

그렇게 말하고 신발을 신고는, 가슴속 깊은 곳에서 소용돌이치는 답답한 기분에 떠밀려서 밖으로 뛰쳐나갔다.

그건 정말로 꿈이었을까. 그 생생한 기억이 전부?

오토와. 시노. 시이코. 테츠코 씨. 레이븐. 전부, 방구석 폐인 게임 오타쿠가 자신을 긍정하기 위해서 만들어낸, 그냥 망상이었다는 건가?

"……."

의미도 없이 달리고, 또 달려서. 소리 지르고 싶은 기분을 참으면서.

나는── 문득, 내가 눈에 익은 홈센터 앞까지 와 있다는 걸 알았다.

홈센터 〈왓슨〉. 그 꿈속에서 내가 오토와랑 같이 숨어 있었던── 바로 그곳.

물론 현실의 〈왓슨〉은 황폐해지지도 않은 채로 아주 평범하게 영업하는 중이고, 사람과 차가 드나들고 있다. 주위를 둘러봤지만 세상은 아주 평범한 일상 풍경을 유지하고 있다.

"역시나……."

꿈이었나. 결국 꿈이었나.

나는 그 자리에서 주저앉고 싶어지는 실망감을 맛봤다.

아냐. 세상이 평온하고 무사한 건 좋은 일이다. 그게 꿈이고 망상일 뿐이라면 그건 그것대로 좋은 일이다. 어머니도, 동생도, 그리고 아마 아버지도 좀비 따위가 되지 않고. 아버지를 잃은 아가씨도 없고. 좀비로 변한 어머니와 언니를 자기 손으로 처치해야 했던 좀비 마니아 소녀도 없고──

아아. 그래. 이건 기뻐해야 할 일이다.

그런데── 나는. 이렇게나.

"……."

한숨을 쉬고, 나는 황혼으로 물든 시내를 지나, 집으로 돌아가려고 걸음을 옮겼고── 그리고.

"──어."

앞에서 걸어오는 사람을, 본 적이 있다.

검은 단발머리에 빨간 뿔테 안경. 이목구비는 단정한 주제에 아무래도 수수하고 무표정, 그러면서도 어쩌다 한 번 웃으면 깜짝 놀랄 정도로 귀여운.

쥬도 오토와. 내 파트너.

"오…………."

오토와, 라고 말을 걸려다가, 주저했다.

전부 망상이었다면, 나는, 처음 보는 여자애한테 갑자기 말을 거는 수상한 사람이다.

망상일 뿐이라면, 오토와가 나한테 뭔가 반응을 보일 수도──

"……………."

하지만 다가오는 오토와는 계속 무표정이고.

내 모습은 눈에 보일 텐데, 아무 반응이 없다. 멍하니 서 있는 내 바로 옆을, 오토와는 생판 남이라도 되는 양, 그냥 지나치고…………………….

이래도, 되는 걸까.

그건 꿈인가. 꿈이라고 해버려도 되는 걸까.

나는──

"『이번에는, 해피엔딩으로 만들어주겠어』."

──발작처럼, 기억 속에 있던 그 말을 중얼거렸다.

“………….”

오토와가 멈춰 섰다.

그리고――

“……삽, 사둘까 하고.”

왠지 변명하는 것 같은 말투로, 오토와가 그렇게 말했다.

“일단 홈센터가 기본일까 싶어서.”

“그래. 좀비물의, 클리셰.”

그렇게 말하고, 오토와는 내 쪽을 보지도 않고 홈센터를 향해 걸어갔다.

나는 발을 돌려서 오토와를 따라갔다. 뒷모습만 보이지만, 오토와의 귀가 새빨개진 건 확인할 수 있었다.

아. 쑥스러워하고 있구나.

나처럼, 그게 꿈인지 아닌지, 확신할 수가 없어서, 나한테 말을 걸어야 할지 주저하다가…… 그게 부끄러워서.

그런 점이, 정말 귀엽다니까, 이 녀석.

“그럼, 어디 한 번 열심히 세상을 되돌려볼까. 파트너.”

“……응.”

그 말에 겨우 고개를 돌린 오토와.

항상 멍하니, 무표정한 가면을 쓰고 있는 그 귀여운 얼굴에는―― 최고의 미소가 드리워 있었다.

Z의 시간 -끝-

작가 후기

안녕하세요, 글쟁이 사카키입니다.

오래 기다리시게 해서 죄송합니다. 『Z의 시간』 2권을 전해드렸습니다.

이번 권에서는 『어? 그런 거야? 그런 거였어?』 같은 반전 같은 요소들을 담아봤습니다. 어떤 요소인지는 직접 읽어보세요. 일부 마니아 분들께서는 야단을 치실지도 모르겠습니다만(땀).

오토와는 쓰면서도 왠지 즐거운 캐릭터였습니다.

멍데레(라고나 할까 뭐라고 할까)한 메인 헤로인은 적극성이 부족하다고 할까, 이야기를 굴리기 힘들어서 쓰기 힘든 경우가 많지만, 오토와는 상황과 어우러지면서 은근히 알아서 움직여주다 보니, 이야기 속에서 움직이게 하는 게 그다지 힘들지 않았습니다.

그런 의미에서는 기본적인 츤데레로서, 이번 권에서 카츠라 시이코라는 새 캐릭터가 등장합니다. 이쪽은 아무리 봐도 라이트노벨답다고 할까, 리얼리티라는 의미에서는 상당히 극단적인 캐릭터입니다만, 외국의 좀비물 같은 데서는 제일 먼저 나오는 타입이라서 좋아합니다.

반대로 시노는 담당 편집자 분의 『처녀 빗치 계열』이라는 주문에 따라 여러모로 곤혹스러워하면서 열심히 궁리하고 썼던 캐릭터입니다. 처음에는 마음대로 움직여주지 않아서 전부 다시 쓰기도 했습니다만, 고용인을 초로의 집사가 아니라 메이드 분으로 바꿨더니 완전히 빠져버렸다고나 할까요.

테츠코 씨는 원래 우에무라 테츠오라는 집사 분이었지만, 앞서 말한 이유 때문에 메이드 분으로 체인지. 왠지 자연스럽게 안경 메이드 분이 돼버렸습니다. 무장 메이드(안경)으로 하길 잘 했습니다. 좋지 않나요, 안경 쓴 무장 메이드 분(역설). 『블랙 라군』의 로베르타라든지 『트렌치 플라워즈』의 마린이라든지.

어쨌거나 이 『Z의 시간』── 담당 편집자 분의 말에 의하면 『좀비물 치고는 예상보다 많이 팔렸지만, 증쇄할 정도는 아니었다』라는 이유로 2권에서 끝입니다. 그래서 원고 일부를 서둘러 2권 완결 형식으로 교체했습니다. 기대해주셨던 분들께는 정말 죄송합니다. 좀비물에 또 다른 방식으로 접근해볼까 생각하고는 있습니다만, 어디선가 할 수 있으면 좋겠네요.

2018/ 8/ 14

사카키 이치로

Z의 시간 2

2020년 6월 7일 1판 1쇄 인쇄
2020년 6월 14일 1판 1쇄 발행

저 자 사카키 이치로
일러스트 카츠단소
옮 긴 이 김정규
발 행 인 유재옥
본 부 장 조병권
편집 1팀 정영길 김민지 조찬희
편집 2팀 김다솜 이본느
편집 3팀 오준영 곽혜민 김혜주
라이츠담당 김슬비 한주원
디 지 털 박상섭 박지혜 이성호
미 술 김보라 서정원
물 류 허석용 최태욱
발 행 처 ㈜소미미디어
등 록 제2015-000008호
제 작 처 코리아피앤피
주 소 서울시 마포구 토정로222, 403호(신수동, 한국출판콘텐츠센터)
판 매 ㈜소미미디어
마 케 팅 한민지 권지수
전 화 편집부 (070)4164-3962, 3963 기획실 (02)567-3388
판매 및 마케팅 (070)4165-6688, Fax (02)322-7665

ISBN 979-11-6507-721-1 04830
ISBN 979-11-6507-717-4(세트)